Einaudi. Stile Libero Big

W0356312

© 2020 Giulio Einaudi editore s.p.a., Torino

Cristina Cassar Scalia: capitoli 3 e 5 (*Anna Carla*),
pubblicati in accordo con Grandi & Associati, Milano

Giancarlo De Cataldo: capitoli 1 e 6 (*Il commissario Brandi*)

Maurizio de Giovanni: capitoli 2 e 4 (*Marco Valerio*),
pubblicati in accordo con The Italian Literary Agency

www.einaudi.it

ISBN 978-88-06-24358-6

Cristina Cassar Scalia
Giancarlo De Cataldo
Maurizio de Giovanni

Tre passi per un delitto

Einaudi

Tre passi per un delitto

I.

Il commissario Brandi

Al centro di una parete spoglia, tinteggiata di un vivido giallo, c'è un grande quadro. Il fondo è di un verde raggrumato, a suggerire un'intenzione di marcio. Sul lato sinistro è raffigurata una bambina che sta per accendere un fiammifero. Indossa una tutina rossa che fa risaltare i corti capelli biondi. Tutt'intorno, il cielo nero di una cupa notte metropolitana: questo, almeno, dovrebbero raffigurare le sagome di palazzoni senza finestre dalle cuspidi irrealistiche che sfumano nell'oscurità. All'estremità opposta, sulla destra, una gamba sollevata, come di una figura in movimento. Pantaloni scuri e una scarpa bianca con lacci neri, di foggia antiquata. Incongrua. Minacciosa. I tratti del dipinto sono netti e squadrati, geometrici, rudi. Manifestano un che di matematico e di astratto. È parte di una storia, quella raffigurazione, ma il senso mi sfugge. Non riesco a staccare lo sguardo dagli occhi, sgranati e immensi, della bambina. Che cosa cercava di comunicare, l'artista, attraverso quello sguardo? Uno schizzo di sangue risalta sulla scarpa bianca della gamba incognita. Lo si direbbe un graffio sfuggito al pennello. Un altro segnale inviato dal pittore a chi voglia cercare l'algoritmo risolutivo? No, decisamente no. Il sangue è vero. Sangue recente, seccato da poco. Seguo il torrente frastagliato disegnato dal percorso delle macchioline. Alla fine, o all'origine, c'è lei. Lei. Il suo cranio devastato nella parete retro-occipitale da un colpo violento. Un solo colpo, sono pronto a giurarlo. Anche i suoi occhi sono sgranati, nella fissità della morte. Cercano di dirmi qualcosa? La scena del delitto parla. Lo insegnano nelle accademie che hanno l'ambizione di formare investigatori al passo coi tempi. Insegnano, ad esempio, a non distrarsi. A non abbandonarsi a pericolose fantasticherie. Quelle che gli sbirri di vecchia scuola chiamano «intuizioni». Si deve diffidare delle intuizioni: possono creare suggestioni alle quali si resta avvinti a rischio del fallimento dell'indagine. Le intuizioni sono fuorvianti. Il mio mestiere richiede freddezza, distacco, professionalità. Eppure, nello stesso istante in cui qualcuno decide di sopprimere un essere umano, nel perimetro territoriale che delinea la competenza dell'ufficio a me assegnato, la comunità esige che io dia un volto e un nome all'assassino. Questo è il mio compito. Ogni indagine è scandita da pressioni, tensioni, urgenze. Tutto è decisivo. Tutto, anche i particolari piú insignificanti. Le accademie insegnano che nel mondo reale esiste sempre, inderogabilmente, un principio di causa ed effetto. Non c'è delitto, in natura, che non abbia una o piú causali. Il movente, i moventi. La nostra ossessione. Ma è proprio per questo che so che le nozioni delle quali sono imbevuto, e la cui conoscenza ha fatto di me una giovane speranza dell'ordine pubblico nazionale, non saranno mai, da sole, sufficienti a sbrogliare la matassa. Esiste qualcosa che nessuna accademia, nessun master, per quanto condotto da menti eccelse, potrà mai insegnarti. Il fatto è che le strade che compongono il mio parco di caccia sono agitate dalle passioni, dai dolori, dagli interessi e dalle miserie delle migliaia di esseri umani che le percorrono. Ed è dalla distorsione di uno qualunque di tali sentimenti che nasce il delitto. Ogni delitto. È lí che si annidano i moventi. Tutto ciò sa pericolosamente di intuizione. Dovrei tenermene alla larga, ma non posso farne a meno. Prendiamo il cadavere. Sino a poche ore fa lei era una giovane donna. Una bella giovane donna. Io sono convinto, e lo sono sin dal primo sguardo, che a ucciderla sia stato proprio il suo essere tale: una bella e giovane donna. È un delitto che sa di sentimento. Se sia odio, o amore tramutato in odio, o entrambe le cose, sarà il tempo a stabilirlo. Per me si tratta di un assioma. E tuttavia ho pure abbastanza esperienza per sapere che sono anch'io parte di quello stesso groviglio di sentimenti che ha ucciso. Imparare a dominarli, i sentimenti, fa parte della dotazione del bravo sbirro. E quando proprio non si può farne a meno, scendere a patti con loro è una soluzione accettabile. Perciò, la verità che sento di aver afferrato – la causale, il movente – non posso affermarla con la sicurezza che sento dentro. Se lo facessi, cadrei in contraddizione con i passi, meditati e meticolosi, grazie ai quali sto costruendo, da anni, la mia figura professionale. Significherebbe dare un calcio a una promettente carriera. Io so, ma devo fare in modo che altri pervengano alle mie stesse conclusioni sulla base di un percorso sufficientemente argomentato, tale da tacitare le obiezioni di una logica fin troppo prevedibile. Scriverò dunque nell'informativa preliminare quanto segue. Siamo in un palazzo tranquillo, in una zona residenziale del centro, abitata da una serena borghesia benpensante. La porta d'ingresso non presenta segni di effrazione. La donna delle pulizie che ha ritrovato il cadavere ha detto che era chiusa, ma senza mandate. È logico – secondo la logica a cui devo necessariamente richiamarmi – che a far entrare l'aggressore sia stata la vittima. Si conoscevano o chi ha ucciso è penetrato con l'inganno in questa casa? Ho pochi elementi per stabilirlo. Lei era in négligé. Quale giovane donna aprirebbe in négligé a uno sconosciuto? Forse una escort? Ma quale escort riceverebbe in un ambiente cosí raffinato? L'appartamento, a eccezione del corpo, appare in ordine. Nessun mobile rovesciato o cassetto svuotato. Nessuna traccia di rapina.

– Si chiamava Giada Colonna. Ventotto anni. Nata a Casal Velino Scalo… Che razza di posto è?

– Si trova nel Cilento.

– Ah, be', dalle parti sue, no, dotto'?

– Piú o meno.

– Comunque. Laurea in Storia dell'arte. Qui almeno dice cosí.

Il sovrintendente Ascanio mi porge una carta d'identità rilasciata dal Comune di Roma.

– Non toccare niente con le mani, Asca'.

– Tutto a posto, dottore. Ho i guanti di lattice e quelle altre stronzate.

– Te ne accorgerai al processo se sono stronzate.

– Se ci sarà un processo.

Ascanio è fatto cosí. Un pessimista cosmico. Anche se lui ama definirsi «realista». In trent'anni di questura ne ha viste di tutti i colori. Si vanta di non credere piú a niente e di non fidarsi di nessuno. Nemmeno di me. È la seconda volta che collaboriamo, da quando dirigo questo commissariato cruciale, fra i piú importanti della città. Il trampolino di lancio ideale per un ragazzo ambizioso, dice Laura, che dirige la squadra di polizia della quale faccio parte, la mia diretta superiora. Con Ascanio sono state da subito scintille. Il capo della Mobile me lo affiancò, a suo tempo, perché non facessi troppi casini. Sfiducia istintiva dello sbirro di strada nei confronti del provinciale con molti titoli e nessuna pratica. Risolvemmo il primo omicidio in tre ore. Si trattava di una rissa fra manovali assunti in nero. Gente ubriaca e disperata, vite meschine che entrano in rotta di collisione, una domenica d'estate, in un piano nobile da ristrutturare. Anche lí, va da sé, passioni esacerbate: ma estranee al contesto ambientale. Questa è una storia diversa. Qui siamo nell'intimità del focolare, nella privacy violata. La vittima era giovane e avvenente. Ci sono tutti gli ingredienti giusti perché i media si sbizzarriscano. So cosa pensa Ascanio. So che mi ha soprannominato «il baronetto». So che mi considera un raccomandato con la testa nei libri. So che non digerisce l'idea di essere subordinato a uno sbarbatello che potrebbe essere suo figlio. Mi metterà alla prova. Dovrà ricredersi.

– Va bene. Che altro sappiamo?

– Ho preso a verbale la donna delle pulizie. Ha confermato tutto: veniva due volte a settimana, aveva le chiavi, la porta era senza mandate, la signorina di solito a quest'ora non era in casa, a prima vista non manca niente.

– Falle qualche altra domanda. Chiedile se la vittima aveva un amante, se frequentava uomini, cerchiamo di saperne di piú.

– Ok. Ho già avvertito il sostituto di turno.

– Chi è?

– Felicisanti.

– Poteva andare peggio.

– Non c'è mai limite al peggio, dottore.

– Se lo dici tu…

Impartisco qualche altra superflua disposizione – Ascanio sa benissimo come funziona la procedura – al solo scopo di levarmelo di torno e restare solo con lei. Il corpo è inguainato in una vestaglina rossa che copre con grazia paradossale i piccoli seni modellati, e lascia scoperte lunghe gambe che la morte ha composto in una curiosa sequenza dinamica. La gamba del quadro, le gambe di lei… come se si corressero incontro, nella loro perturbante immobilità... C'è un legame? Fisso il dipinto. Mi invade una curiosa sensazione. Come se... come se qualcuno, nel frattempo, lo avesse cambiato di posto. Andiamo, su! A parte me e Ascanio qui non ci ha messo piede nessuno. E le cornici non si muovono da sole. Eppure la sensazione resta. S'ingigantisce, se possibile. Sono circondato da segni che non sono in grado, non ancora, di decifrare? Lei era giovane. Lei era bella. Lei è andata. La rabbia per la bellezza sprecata mi assale con violenza. Penso alle occasioni perdute, alle vite gettate al vento. Ecco che torna a echeggiare il coro prepotente dei sentimenti. Via, via. Ci sono cose piú importanti da fare. Non adesso, via! Su un tavolo di design, freddo, quasi ascetico nel suo quadrettato bianco e nero, c'è una scultura. Un giocoliere beffardo, col volto del Joker di Heath Ledger. Maneggia due palle che intuisco di materia pesante, bronzo, probabilmente. Non posso toccare, solo immaginare. Mi lascio sfuggire un sorriso. I giocolieri, di solito, di palle ne hanno tre. Qui manca quella centrale, a far perno sulle altre due, ciascuna in una mano della statuina. Calcolo la distanza fra il corpo e il tavolo, la posizione di Giada dopo la caduta, e sono certo di aver trovato l'arma del delitto. La terza palla, quella che manca. Lei di spalle. L'assassino che la colpisce con tutta la forza che ha. E le spacca la testa. Bravo, commissario Brandi. Puoi giocartici la paga di un mese. C'è una certa trivialità, in fondo, nella scelta del «corpo contundente». Giada viveva circondata da oggetti d'arte. È fin troppo ovvio che un frammento di scultura abbia spento la sua giovane vita. Torno sul corpo. Quegli occhi. E gli occhi della bambina nel quadro. La bambina che accende un fiammifero. Come nella fiaba di Andersen. Ma la bambina della fiaba vende i fiammiferi. E Giada? Cosa vendeva? Oggetti d'arte, immagino. Che altro? Sogni? Felicità? Disperazione? Sei tu la «Piccola Fiammiferaia»? I capelli sono biondi, ma quella è una bambina, e tu eri una donna bellissima con un corpo da modella. Hai acceso passioni e le hai pagate. Sembra quasi scontato. Il delitto passionale per eccellenza. Una crisi di gelosia, un amante respinto. Il quadro, lei... Quegli occhi che sembrano seguirmi... D'improvviso capisco. Muovo un passo a sinistra, poi uno a destra. Gli occhi della Piccola Fiammiferaia continuano a seguirmi. Mi allontano dal quadro. Gli occhi continuano a seguirmi. Sposto lo sguardo sulla gamba, all'estremità opposta del dipinto. Sembra essersi mossa, impercettibilmente. Un trompe-l'œil. Uno scherzo visivo. Una prospettiva sfalsata. L'artista ha giocato con l'inganno. E l'inganno, realizzo, sarà la chiave di volta di questa storia. Ma quale inganno? Squilla una suoneria. Anonima, niente melodia personalizzata. L'apparecchio è in terra, accanto a un pouf sul quale è aperto il catalogo di una mostra sulla transavanguardia. Reprimo l'impulso di rispondere. La Scientifica tarda. Forse hanno trovato traffico. Torno a concentrarmi sul cadavere. Mi sembra di cogliere, e prima non l'avevo notata, una sorta di smorfia crudele nella piega delle labbra. Eri una donna cattiva, Giada? Hai condotto il tuo amante all'esasperazione e sei stata punita? Torno alla Piccola Fiammiferaia, ai suoi occhi che continuano a inseguire i miei movimenti. Piú vivi di quelli freddi e straniti del cadavere. C'è la stessa cattiveria nella fisionomia dipinta? Non direi. Ma posso sbagliarmi. Se avanzo mi sembra di afferrarla, se mi sposto di lato svanisce. Inganno. Ma c'è qualcosa che stona, nell'insieme. Qualcosa che non riesco a percepire. L'interferenza dei sentimenti cresce. Presto si farà insopportabile. Rumore di sirene. Passi per le scale del vecchio stabile piantato nel cuore del quartiere Prati. Il sostituto procuratore della Repubblica Mauro Felicisanti entra rumorosamente, accompagnato dai tecnici della Scientifica. Lo metto in breve al corrente della situazione e lo rassicuro sul fatto che le procedure saranno scrupolosamente rispettate.

– Mi fido di lei, dottor Brandi, – commenta, e, sollevato, se ne torna in ufficio.

Il cellulare di Giada è «armato», come usiamo dire fra noi. Acceso e senza codici di protezione. Mi faccio dettare da uno dei tecnici il numero dell'ultima chiamata ricevuta dalla vittima. Chiamo Rubei, il nostro David Copperfield informatico, e in meno di venti minuti ottengo un nome e un indirizzo. Lascio i vicini e le loro intuibili banalità ad Ascanio, e mentre la Scientifica adempie ai suoi arcani incombenti, abbandono la scena del delitto. È una splendida mattinata di primavera. Sotto il portone s'è radunata una piccola folla di curiosi, che l'agente Rodomonti, un veterano del fancazzismo, osserva con l'occhio a mezz'asta. Tanto per mettere in chiaro i ruoli, gli ordino di prendere a verbale chiunque abbia informazioni utili sulla vittima e la sua personalità. Mi guarda stranito.

– Dottore, ma come faccio a sapere chi ha informazioni utili e chi no?

– Non puoi saperlo.

– E allora?

– Sentili tutti.

Faccio cenno all'autista che può rientrare in commissariato, e mi avvio a piedi verso la meta. È una mattinata chiara, di quelle con un'atmosfera sospesa fra l'addio all'ultimo freddo e l'annuncio di Madonna Primavera. Roma riluce di un pulviscolo profumato di sole e di promesse. Ansiosa di lasciarsi alle spalle la lunga notte invernale, la

Grande Ingannatrice si trucca e intanto ordisce il prossimo trabocchetto. Mi accorgo che non ho fatto caso se Giada era truccata o no. Se aveva messo su il make-up dell'incontro erotico. Se è stata sorpresa a intimità già consumata o durante i cosiddetti preliminari. Telefono ad Ascanio e gli chiedo di verificare.

– È arrivato il medico legale. Pare che ci siano tracce di sperma nella vagina.

Un delitto del «dopo», dunque. Fanno l'amore, litigano, e poi lui la uccide. Non ti sei negata, Giada, ma non è servito. Forse proprio per questa tua disponibilità sei stata punita. Corro troppo, in tutti i sensi. Una ragazza in motorino quasi m'investe mentre attraverso distratto un Lungotevere stranamente rado di traffico. Ignoro il suo dito medio e l'imprecazione che stona sulle sue belle labbra, e tre sigarette dopo sono nella Galleria Andromeda. È un salone ampio, illustrato da pochi pezzi di pregevole fattura. Fa pendant con la classe di Giada. Fra i quadri, piccoli e grandi, che ne ornano le pareti, individuo figure inquietanti e schizzi rabbiosi. Un'aria di violenza e disperazione diffusa, ineluttabile.

– Lo spirito dei tempi, – sorride un cinquantenne alto e dal volto scavato, mettendosi alle mie spalle.

– Prego?

– È il titolo di questa collettiva... mostra collettiva. *Lo spirito dei tempi*.

– E quale sarebbe lo spirito dei tempi?

– Cattiveria, crudeltà, ferocia... scelga lei.

E dunque è stato lo spirito dei tempi a portarsi via Giada? È in questa direzione che volge il girotondo dei sentimenti?

Marco Lulli mi osserva perplesso quando esibisco il tesserino e gli chiedo se sia stato lui a chiamare, poco fa, Giada.

– Le è successo qualcosa?

Sembra sinceramente allarmato. Decido di sondare un po' il terreno, prima della rivelazione.

– Quando l'ha vista l'ultima volta?

– Ieri sera. Alle diciannove. Chiudiamo sempre alle diciannove. Ci siamo salutati e dovevamo vederci un paio di ore fa, ma lei non si è presentata. Le ho telefonato, ma...

– Giada è morta.

Con poche battute, persino brutalmente, gli racconto l'accaduto. Non si tratta di sadismo, ma di un esercizio di tecnica. A meno di non trovarsi di fronte a genitori affranti o figli che al momento del delitto studiavano dall'altra parte dell'oceano, nelle prime fasi di un'indagine non si è sicuri di niente. Tantomeno del fatto che le persone piú vicine alla vittima siano estranee alla vicenda. Troppe volte mariti disperati, amanti basiti, correttissimi datori di lavoro, mogli devote e amici premurosi si sono poi rivelati i veri responsabili. Troppe maschere si sono sgretolate davanti ai miei occhi perché uno come me possa fidarsi. Io non so niente di questo Marco Lulli. E ho bisogno di sapere tutto di lui. Lo vedo impallidire, scuotere la testa, vacillare. Si puntella al tavolo da lavoro, sul quale è squadernato un registro con annotati, su ordinate file, elenchi di cifre. Poi scoppia a piangere.

Briefing del tardo pomeriggio, nel mio ufficio. Metto il telefono in viva voce. Prima il medico legale. Lavorerà sul corpo nei prossimi giorni. Per il momento, è confermata la presenza di sperma nella vagina – e anche all'esterno, precisa – e l'ora della morte è approssimativamente fissata fra le tre e le quattro del mattino. Congedo il dottore. Ascanio si schiarisce la voce e mi fa un cenno.

– Che c'è, Asca'?

– Io farei un'analisi chimica.

– Perché?

– Be', era giovane, lavorava in mezzo agli artisti, se sa com'è quella gente, tutti mezzi sballati… magari pippava…

– Buona idea. Occupatene tu. Avvisa il Pm.

Ascanio esce, ringalluzzito. Chiamo la Scientifica. Il Dna è al sicuro, repertato e custodito. Ovviamente, in mancanza di materiale di raffronto, è inutile procedere all'analisi. Raccomando, se dovessero esserci sviluppi, la massima celerità. Dall'altra parte mi arriva un ghigno sarcastico. È il turno di Rubei. In attesa dei tabulati, sta lavorando sul cellulare di Giada. Mi dice che ha trovato qualcosa di interessante, ma prima di parlarmene vuole approfondire.

– Interessante in che senso?

– Be', a prima vista ci sono i soliti contatti, un numero di giú, Casal come si chiama…

– Casal Velino Scalo.

– Ecco. Dev'essere di casa, la Baldoni sta controllando… Poi la galleria, voglio dire il cellulare di quel Marco Lulli che lei ha sentito…

– Sí. E poi?

– C'è un numero strano…

– Strano?

– Gliel'ho detto, devo controllare.

Rubei è il classico nerd, completo di adipe, brufoli e improvvisi rossori da fanciulla, oggetto di lazzi continui da parte della sbirraglia testosteronica. Ma nel suo campo è un'autorità. Può persino vantare un passato nell'antiterrorismo. La sua pagina nera. Si è fatto trasferire a domanda dopo una clamorosa rottura con i cacciatori di anarchici. Una storia mai chiarita di software alterati a fini di giustizia. Vale a dire per incastrare degli innocenti. Da allora s'è fatto estremamente prudente, e prima di rilasciare un'informazione effettua decine di controlli. Ma quando l'informazione arriva, potete star certi che è quella giusta. Inattaccabile.

– Sta bene. Ma fai in fretta.

Rubei annuisce. E senza ghigno sarcastico.

Ascanio rientra. Fra uno sbuffo e un grugnito comunica le cattive nuove.

– Il Pm ha dato l'ok. Ma per il resto… la donna delle pulizie non sa un cazzo.

– Uomini?

– Gliel'ho chiesto e si è incazzata. Mi ha risposto che non si metteva ad annusare la biancheria intima della signorina. Non faceva parte dei suoi compiti. Però, dotto', una come quella… se l'immagina lei senza un uomo? O piú uomini?

– Era laureata e lavorava in una galleria d'arte.

– Ma alle volte, sa com'è, per arrotondare…

– Piantala, Asca'. Non è sempre vero che a pensare male ci si azzecca.

– E te pareva!

– I vicini?

– I vicini… boni, quelli. 'Na manica de mausolei, a momenti per entrare in casa dovevo sfondare la porta. Niente ho visto, niente ho sentito.

– La portiera?

– Per la verità, una portiera c'era, poi i condomini l'hanno mandata via. Per risparmiare.

– Videocamere?

– Ce ne sarebbe una sul portone d'ingresso, ma i condomini non si sono accordati sulle spese, cosí non è mai stata attivata.

– La fortuna non ci assiste.

– Se è per questo, dotto', due anni fa in un altro palazzo, proprio all'angolo della strada, decisero di metterci un'altra videocamera...

– E?

– E poi si è rotta e nessuno l'ha fatta riparare. Pare che siano in causa.

– Di bene in meglio!

La Baldoni entra senza bussare, com'è suo solito. La sovrintendente Carlotta Baldoni è alta uno e ottanta, corti capelli neri, fisico palestrato, atteggiamento imperioso e impudente. Nella sbirraglia gode fama di lesbica. Non sanno quanto si sbagliano. Squadra freddamente Ascanio, ai suoi occhi il capo di un'orda machista da distruggere con ogni mezzo, e relaziona sulla famiglia della vittima.

– Orfana di entrambi i genitori. Ha una sorella piú grande di due anni, che ha avuto la notizia dalla televisione prima che potessimo avvisarla. Stasera stessa verrà a Roma.

– Altro?

– Per il momento, niente.

La liquido con un vago ringraziamento, e violando il divieto di legge e sfidando i sensori mi accendo l'ennesima sigaretta. Ascanio interpreta il fumo come un gesto di apertura. Si precipita ad aprire la finestra – il tramonto è ormai calato, l'aria si va rinfrescando – e mi si piazza davanti, corroso dalla curiosità.

– Allora, dotto'?

– Allora cosa?

– Quel tipo, Lulli, il gallerista...

– Ha identificato l'arma del delitto. In fotografia. Nei prossimi giorni provvederemo a una ricognizione formale. È come pensavamo: la palla mancante della scultura. Pare che sia un piccolo capolavoro.

– E che ci faceva a casa della vittima?

– Dono dell'artista.

Ascanio s'illumina tutto. La classica «intuizione investigativa».

– C'avevano una storia, dotto'. E lui l'ha ammazzata, – e sottolinea con un gesto osceno.

– L'artista è gay.

Ascanio si smonta, deluso e irritato.

– E che cazzo! E il gallerista?

– Pure lui.

– No!

– Proprio cosí. Marco Lulli è gay. Ha contratto regolare matrimonio col suo compagno in Spagna.

– Ma porca puttana! 'Na monaca e 'na banda de froci! Ma si può essere piú... Almeno di lei avete parlato, co' 'sto Lulli?

– Giada era una brava persona. Competente, molto colta. Una grande venditrice. Vita privata molto riservata. Nessuna relazione nota.

– Tutto qui?

– Tutto qui. Domani facciamo un altro giro di interrogatori. Io, intanto, preparo la prima informativa per il Pm.

Ascanio esce bestemmiando. Spengo la sigaretta e chiudo la finestra. Comincio stancamente a redigere l'informativa. C'è molto di lei che non finirà in queste pagine. Tutto quello che non ho detto ad Ascanio e che non riporterò al Pm. Non metterò per iscritto se non una breve, neutra sintesi delle due ore di conversazione con Marco Lulli. Non racconterò la gioia che Giada irradiava intorno a sé. La sua freschezza. La forza di quel sorriso che ammaliava i clienti. Era la persona piú sincera che abbia mai conosciuto, dottor Brandi. Sincera sino all'eccesso, e solare. Una persona speciale. Detesto l'aggettivo «solare» quando viene riferito a un essere umano. Detesto anche l'altro aggettivo: speciale. Per Lulli, Giada era solare e speciale. Lulli è sincero, ma nello stesso tempo mente. Perché? Non riesco a spiegarmelo. Sono certo che non c'entri col delitto, e forse non mi ha mentito deliberatamente, ma sento che qualcosa di molto profondo, di rilevante, mi sfugge. Questa dannata relazione non vuol saperne di lasciarsi addomesticare. Ma non posso riferire le mie «sensazioni». Al processo farebbero a pezzi l'indagine. E farebbero a pezzi me. Torno a compulsare, per l'ennesima volta, le fotografie della scena del delitto. Il quadro continua a tormentarmi. Quegli occhi continuano a tormentarmi. Perché il trompe-l'œil? Dove sta l'inganno? Noto un dettaglio che non avevo colto prima, come un tratto di pennarello, poco sotto lo sbuffo di sangue. Ingrandisco finché l'immagine non è sgranata. Mi pare di scorgere delle lettere. Ash-X. Forse la firma dell'autore? Vado in rete. Ash-X è un artista quotato. Dietro lo pseudonimo si nasconde un quarantenne di Urbino. Mando una mail al suo indirizzo ufficiale. La risposta è immediata. Un messaggio automatico mi informa che il sito è in ristrutturazione e l'indirizzo temporaneamente disattivato. Chiamo Marco Lulli. Non è sorpreso di sentirmi. Ha la voce stanca. In sottofondo, le note di un blues straziante.

– Che mi sa dire di un certo Ash-X?

– È un bravo artista. Un po' matto.

– Può mettermi in contatto con lui?

Sospira, tirando su col naso.

– È un tipo particolare. Sparisce per lunghi periodi. Al momento dovrebbe essere in Sudafrica.

– Ha un telefono, un recapito qualunque?

– Proverò a rintracciarlo.

Ma il quadro continua a tormentarmi. La Piccola Fiammiferaia e la ragazza morta. L'inganno dello sguardo mobile. Lei e l'altra. Ma l'altra è la stessa, e qual è la vera Giada, quale la Piccola Fiammiferaia? Sono loro la storia. Gli occhi della bambina e quelli di Giada. Sono loro la storia. Anche se la scena sembra preludere a un dramma imminente, quegli occhi comunicano un'aspra freddezza. Sono occhi avidi, di chi vorrebbe dilaniare la vita a morsi. La Piccola Fiammiferaia è diventata cattiva. E col suo sguardo mobile segue ogni cambiamento della realtà circostante, pronta a coglierne il massimo profitto. La Piccola Fiammiferaia si è messa al passo con lo spirito dei tempi. E i suoi occhi sono quelli di Giada. Hanno lo stesso riflesso rapace. E comprendo che cosa Marco Lulli mi ha involontariamente taciuto, e comprendo che il bravo e sensibile mercante d'arte non ha colpa. Ci sono cose che non accettiamo. Marco Lulli ha una storia troppo diversa per capire la determinazione di una ragazzina nata nello sprofondo che una mattina si presenta in una galleria del centro di Roma e seduce un riservato omosessuale convincendolo a darle una possibilità. Ciò che Marco Lulli non può sapere è l'origine della forza irresistibile a cui si è piegato. C'è chi lo chiamerebbe coraggio e chi ferocia. Personalmente, appartenendo alla stessa categoria umana, propendo per la seconda. Giada. Ti immagino soffocata nel piccolo mondo angusto del paese, abbarbicata con una tenacia indomabile al tuo sogno di successo. Ti immagino pronta a tutto. Disposta ad alternare menzogna e verità, a dispensare doni e punizioni, a blandire e a colpire. E mi chiedo: da che passione sei stata ferita, alla fine, a morte? Dall'amore o dall'odio? Siamo nati a pochi chilometri l'uno dall'altra, Giada, e tutti e due siamo approdati in questa città eternamente carogna per conquistarla e farla nostra. Che ne sarebbe stato di me se ci fossimo incontrati? Sarei caduto ai tuoi piedi? O ci saremmo annusati e, dopo il riconoscimento reciproco, scansati con la paura che si prova per chi è troppo simile a noi? Quell'artista, Ash-X, ha visto lontano. Devo rintracciarlo.

– C'è uno che vuole parlarti. Dice che ha notizie sull'omicidio.

Non ho sentito arrivare la Baldoni, che mi fissa con un'espressione curiosa.

– Qualcosa che non va? Ti vedo strano.

– Niente. È questa maledetta informativa. Quando non hai niente da dire ti viene difficile dirlo con poche parole.

– Magari questo tizio ci dà qualche dritta. O magari confessa, hai visto mai.

– Fallo entrare.

Un'ora dopo siamo al *Foxy*, un club al Monte dei Cocci dove si beve, si fa musica e si balla. È ancora presto perché la movida diventi una cosa seria. La gioventú che prende d'assalto i localini di Testaccio è impegnata nella fase dell'accumulo. Si carica di energia elettrica per sfogarsi nella notte complice. In capo a un paio d'ore qui non ci sarà spazio neppure per respirare. E tantomeno per pensare. Il tipo si chiama Daniele qualcosa, e sostiene di aver visto Giada proprio qui al *Foxy*. Era sola, ha bevuto un bicchiere, poi è uscita per rientrare dopo qualche istante.

– L'ho notata perché non era una che passava inosservata. Poi ho visto la fotografia in rete e ho pensato che forse l'informazione poteva servirvi…

Ce lo siamo portato appresso, io e la Baldoni, perché non si sa mai. Forse il giovanotto è in buona fede, sinceramente intenzionato ad agevolare le indagini su un clamoroso caso di omicidio, o forse ha qualcosa da nascondere. Meglio tenerselo stretto con le buone finché non ci vediamo chiaro. Il locale è una specie di cantina, pareti rosse, musica dal volume ancora accettabile, tavolini, qualche avventore in anticipo che si guarda intorno. Sono tutti ragazzi, appena qualche anno meno di me e della Baldoni, che comunque, come Giada, non passa inosservata. Mentre Daniele si prende un gin tonic, facciamo girare fra il personale la foto di Giada. Una barman col piercing dice che la faccia non le è ignota, poi la riconosce.

– È quella che hanno ammazzato con la botta in testa, no? Ecco dove l'ho vista! Su Internet.

Se ci fosse Ascanio, partirebbe col suo elogio del buon tempo andato, quando le indagini si facevano con una certa riservatezza, senza tanti esperti e tabulati fra i piedi (fra i coglioni, direbbe, per la verità) e con un po' di cervello e due schiaffoni ben assestati il colpevole finiva per confessare. Poi concluderebbe con una filippica contro la contemporaneità. Anche lui sofferente per lo spirito dei tempi. Ma Ascanio non era il caso di coinvolgerlo, non quando ci sono dei giovani di mezzo. Come molti della sua razza, Ascanio detesta i giovani. Forse per invidia. Forse perché, ogni volta che si imbatte nei loro riti, si sente defraudato di qualcosa. Ma insomma, stiamo perdendo tempo. Il *Foxy* non è uno di quei posti per pochi intimi che si conoscono fra loro e sanno riconoscersi. Il *Foxy*, fra un po', diventerà una bolgia di rumori e sudori. Meglio tentare un'altra strada. Mi faccio scortare dalla barman nell'ufficio del direttore, un cinquantenne secco e tatuato, e per una volta la fortuna è dalla nostra. Sí, ci sono le telecamere all'esterno. E, sí, i nastri li conserviamo per tre giorni, dunque quelli di ieri notte ci sono. Quando gli chiedo di consegnarmeli, inalbera un'espressione perplessa.

– Non ci vorrebbe un mandato, scusi?

– Come si chiama lei?

– Pieri Ottavio, ma cosa c'entra…

– Risolviamo la questione fra noi o devo chiamare Peppe?

Pieri Ottavio impallidisce. Sto giocando d'azzardo, ma entro certi limiti. Il *Foxy*, ufficialmente intestato a una società di facciata, è in realtà il fiore all'occhiello delle proprietà di Peppe Scansa, boss emergente di medio calibro. Un solo precedente per piccolo spaccio, da minorenne. Poi un evidente salto di qualità, sostenuto da vispa parlantina, decisione, uno stuolo di ottimi avvocati. Peppe Scansa è sicuramente il tipo da usare telefoni criptati. Ma se fosse coinvolto in qualche modo nell'assassinio di Giada, al *Foxy* non esisterebbero telecamere e al nostro ingresso sarebbe scattato l'allarme. Il solo fatto di essere qui a parlarne con questo coatto rivestito da prestanome mi suggerisce che Peppe non ha niente a che vedere con l'omicidio.

– Mi scusi un attimo, commissario.

Pieri Ottavio scompare dietro una tendina color blu notte. Si riaffaccia cinque minuti e due sigarette dopo. Rinfrancato, mi porge sorridendo un pacchetto.

Quando l'hard disk è nelle nostre mani, la tentazione di dare subito un'occhiata è forte, quasi irresistibile. Ascanio non si farebbe scrupoli, in una simile circostanza. Ma commetteremmo un grave errore. Se quelle immagini contengono le prove di un crimine, un giorno finiranno tra le grinfie di un'agguerrita batteria di avvocati pronti a giocarsi il piú squallido cavillo pur di strapparci dalle mani un assassino. Quindi la visione deve procedere nel rispetto delle regole. In poche parole, se ne parla domani.

– Allora, – mi fa la Baldoni, – qui abbiamo finito.

– Io ho finito. Tu senti comunque il gestore, i barman e fatti un giro qua intorno, se vedi qualche tipo interessante prendilo a sommarie informazioni. Io deposito il materiale in ufficio e me ne vado a nanna.

Lei mi guarda, delusa, e il suo tono è piccato.

– Pensavo che dopo una dura giornata di lavoro avremmo bevuto una cosa insieme.

– Puoi sempre rifarti col giovane Daniele.

– Non è il mio tipo.

– Allora digli grazie e mandalo a casa. Tanto con questa storia non c'entra niente.

Cosí mi ritrovo nelle mie due stanze con terrazzino in via Domenico Comparetti, nel quartiere Talenti, con un goccio di whisky e un vecchio film che scorre, a sonoro muto, steso su un divano Ikea in attesa del sonno del giusto. Ed è in questa posizione che mi sorprende lei. Giada. Ha gli occhi scintillanti e la lingerie rossa, con uno spacco laterale che lascia baluginare un lembo della coscia pallida. Senza dire una parola si siede accanto a me e comincia a baciarmi. Ma quando faccio per accarezzarla si ritrae. Nelle sue mani è comparsa una scatola di fiammiferi. Ne prende uno e lo sfrega lentamente. Di colpo le fiamme invadono la stanza. Mi sveglio di soprassalto. Telefono alla Baldoni.

– Ce ne hai messo di tempo per deciderti!

– E tu sei ancora sola o hai trovato compagnia?

– Fra mezz'ora sono da te.

Quando lei arriva, ci prendiamo con la furia dei cani. Mentre le scivolo dentro, immagino di possedere Giada. Mi sforzo di farlo per evitare di ammettere la verità: è lei, Giada, che ha preso possesso di me.

I filmati delle telecamere di sicurezza sono fra le piú raffinate torture che la tecnologia ha deciso di infliggere agli sbirri. Mezz'ora di immagini a scatti, sfocate, alonate di ogni sorta di riverbero, a dir poco confuse, se non indecifrabili, e anche il peggior bastardo, diciamo un Ascanio qualunque, si è guadagnato il posto in paradiso. Il materiale del *Foxy* non fa eccezione alla regola. Ci vuole l'abilità di Rubei per dare un senso a quell'accozzaglia di fotogrammi che sembrano partoriti dalla mente distorta di un regista d'avanguardia sotto metanfetamina. Siamo nel mio ufficio, e procediamo alla visione debitamente assistiti dal decreto di acquisizione e da ogni sorta di autorizzazione firmata dal Pm Felicisanti. C'è la squadra al completo: Rubei che governa la macchina, la Baldoni che, protetta dalla scrivania, ogni tanto mi afferra la coscia, e Ascanio, che sbuffa come un tricheco e mormora fra sé e sé bestemmie sin troppo intellegibili quando i tempi morti si prolungano. Il fatto è che se vai in Ffw rischi di perderti qualche dettaglio rilevante, e quindi la sbobba devi sciroppartela tutta. Da qui la tortura. Passa un'ora, ne passano due. Poi finalmente succede qualcosa. Il timer segna le 22.25:56 quando una figura femminile attraversa l'inquadratura. Nell'istante in cui sta per varcare la soglia del *Foxy*, si volta, quasi per mettersi in posa, rivelando il volto all'occhio elettronico.

– È lei! È Giada!

Ho urlato, senza rendermene conto. La Baldoni mi lancia un'occhiata strana.

– Sí, – conviene, – in effetti c'è una certa somiglianza…

Ordino a Rubei di ingrandire, ingrandire ancora, sino al limite della sgranatura. Il volto di Giada occupa l'intero schermo sul quale proiettiamo le immagini rimandate dal pc di Rubei. L'eccitazione si impossessa di noi. Da questo momento in avanti seguiremo secondo per secondo i movimenti di gente anonima, frugheremo in quell'angolo di strada in cerca della traccia giusta, ispezioneremo ogni frammento delle scene a venire in cerca della rivelazione decisiva… L'unico immune sembra Ascanio.

– Cazzo. La vedo lunga.
– Secondo il medico legale l'hanno ammazzata fra le tre e le quattro, – gli ricordo.
– So' sempre come minimo quattro ore, commissa'. A meno che 'sta stronza non s'è data 'na mossa...
Reprimo la voglia di prenderlo a cazzotti. Ma come si permette di parlare cosí di lei? Perché... già. Perché me la prendo tanto a cuore per un commento che avrò sentito ripetere chissà quante volte? Un commento che non ha niente di personale. Io stesso quante volte ho detto, o pensato, cose simili? È la rabbiosa frustrazione dello sbirro di razza che vuole mettere la parola fine a una brutta storia. E poi tornarsene a un mondo piú degno e meno orribile, dove non si spaccano le teste alle ragazze e tutti vissero felici e contenti. È, a suo modo, quel commento, un atto d'amore e di fede. No, non ci siamo, Brandi. Sta succedendo qualcosa di pericoloso. Quel mondo immaginario non esiste. E comunque, se esiste, non è disposto ad accogliere uno sbirro feroce come te. E il tuo compito resta sempre e solo uno: dare un volto e un nome all'assassino.
Rubei si schiarisce la voce.
– Posso fare un tentativo, dottore?
– Che tentativo?
Rubei fruga tra i suoi appunti, poi fa scorrere le immagini sino alle 23.07. Un capannello di fumatori si scambia battute fuori dal locale. Un uomo il cui aspetto stride con il côté giovanilista dell'ambiente compulsa nervosamente un orologio da polso. Un uomo massiccio, tarchiato, non troppo alto, che indossa quello che ha tutta l'aria di essere un cappotto di alta sartoria. Ascanio sbotta.
– Rube', ma che cazzo fai? Qua non succede niente...
– Forse mi sbaglio, ma...

Ma esattamente quarantaquattro secondi dopo, come per un miracolo annunciato, ecco che Giada esce dal locale. Non ha piú il giubbotto che aveva al momento dell'ingresso, regge in mano un bicchiere.

– Ma come cazzo hai fatto...

Lo stupore di Ascanio è il nostro comune stupore. Rubei ferma l'immagine e, tanto per non smentirsi, arrossisce.

– La telefonata... o meglio, l'sms. È delle 23.07, quarantaquattro secondi prima che lei esca.

– E che dice? Che dice 'sto sms?

– Un attimo, voglio essere preciso. Ecco qua: «Sono fuori, ti aspetto. MV».

– MV?

– MV tutto maiuscolo.

– E che è, 'na moto?

– Sembra un nome e cognome.

Interrogo Rubei sui tabulati.

– Abbiamo un problema, dottore. Si ricorda che le avevo parlato di una cosa strana?

– Be'?

– È stranissima. Non riesco a risalire al numero.

– Che cazzo vuol dire «non riesco a risalire al numero»? Tutti i cellulari hanno 'sto codice Imei, o come diavolo si chiama. È l'abc. Che te sei rincojonito, Rube'?

Rubei, sempre piú rosso in volto, fissa Ascanio con il massimo dell'odio che un bravo ragazzo come lui è in grado di esprimere. E infatti, piú che odio sembra condiscendenza.

– Non tutti, – spiega, – ci sono apparecchi che rigenerano l'Imei a ogni nuovo contatto. Si chiamano *stealth phones* e servono, appunto, per mascherare l'identità del chiamante.

– Roba de servizi segreti! – trasecola Ascanio. – Oh, ma con chi scopava 'sta stronza? Co' Obama?

– O con un malavitoso, – suggerisce la Baldoni.

– O con quel tipo là, – dico, indicando col dito, sullo schermo, l'uomo anziano in mezzo ai ragazzi.

Rubei, che sembra avermi letto nel pensiero, riavvia le immagini.

Giada si guarda intorno, individua l'uomo col cappotto e gli va vicino. I due si parlano. Il tono sembra animato. A un certo punto lui le posa una mano sul braccio, e lei lo respinge, con un gesto secco. L'uomo torna a farsi avanti. Lei inclina la testa all'indietro. Giurerei che lascia partire una risata cattiva, acida. Poi gli volta le spalle e torna nel locale. L'uomo scuote la testa e si allontana, senza seguirla. Ascanio è fuori di sé.

– Oh, ma che è, la giornata del mago Silvan? Mo' ce devi di' com'è che l'hai beccato. Perché che hai tirato a indovinare non ci credo!

– Erano tutti giovani, e quello era l'unico di una certa età.

– L'amante maturo, – chiosa la Baldoni.

– Allora l'abbiamo beccato! – trionfa Ascanio. – Amante maturo, telefono segreto, un boss, o che so, uno spione, comunque un figlio di puttana. Lei lo manda in bianco, lui va a casa, l'aspetta e l'ammazza.

– Ha una sua logica, non c'è che dire. E torna col quadro d'insieme.

– Vediamo di dargli un volto, a questo mister MV, Rubei.

Ma ogni tentativo è vano. Rubei taglia, isola, definisce: niente. Di questo individuo che forse ha spaccato il cranio a Giada non abbiamo che una descrizione vaga. Sembra anziano e corpulento, veste elegantemente. O è un autentico professionista, e l'uso del telefono criptato lo lascerebbe presumere, o ha avuto una fortuna sfacciata, e ha schivato per puro caso le videocamere.

– E adesso che si fa?

La Baldoni dà voce allo scoramento collettivo. Prendo in mano la situazione, come è compito del capo, e illustro le prossime mosse. Acquisire i filmati di eventuali altre videocamere presenti in zona per evidenziare se l'uomo aveva una macchina, se è stato comunque inquadrato, e via dicendo. Cercare di identificare i ragazzi che stazionavano fuori dal *Foxy* per vedere se qualcuno si ricorda della scenata fra Giada e il misterioso individuo.

– E il telefono? – insiste Ascanio. – Voglio di', vabbe' che rigenera l'Imei, ma insomma, qualcuno gliel'avrà venduto, a 'sto stronzo. Facciamo un'indagine a tappeto, no? Il numero c'è?

– È una scheda americana, di quelle che si comprano senza documenti.

– E te pareva.

– Possiamo avviare una rogatoria internazionale, ma ci vorrà tempo, – aggiunge Rubei, – questa roba la vendono poche ditte selezionate, e dovremmo conoscere l'Imei originale…

– Puoi provare? – lo incalzo.

Rubei annuisce, e subito dopo precisa: non garantisco i risultati. A volte ci si riesce, poi magari viene fuori che a comperare l'apparecchio è stato un prestanome, un rumeno, uno che per dieci euro ha mostrato un documento… e siamo punto e daccapo.

– Ehi, guardate un po' qua…

Mentre noi eravamo intenti a concionare, e io distribuivo compiti che forse si sarebbero rivelati inutili, le immagini scorrevano. La Baldoni ha buttato un occhio e lanciato un grido eccitato. Giada è ricomparsa sullo schermo. Con lei c'è un ragazzo che indossa uno zuccotto di lana. Alto, molto alto e dinoccolato.

Controlliamo piú volte la scena. Non ci sono dubbi. I

due si incamminano insieme. Per un istante, il volto del maschio finisce sotto l'occhio della camera.

– È un negro! Cazzo, se la faceva coi negri!

Nemmeno la Baldoni, che di solito non gliela fa passare liscia, questa volta obbietta. Ascanio ha colto il punto. Di colpo, il misterioso amante maturo esce di scena e il sospettato numero uno diventa un ragazzo di colore. Quello che alle 23.42 ha lasciato il locale insieme alla vittima.

– Guarda chi c'è! – fa sarcastica la Baldoni.

Appoggiato al bancone del *Foxy*, ancora semideserto, Tagliaboschi prende appunti sul suo leggendario Moleskine. Se il decano della «nera» romana è sceso in pista, vuol dire che la notizia dell'avvistamento di Giada è già trapelata. Mi chiedo se la gola profonda sia uno dei nostri. Non ci sarebbe niente di strano: questa è Roma, ragazzi, il pettegolezzo qui lo intendono come un'arte sublime, e «segreto» è una parola sconosciuta. Fatti simili accadono ogni giorno, non c'è niente di sconvolgente. Sono modeste rotture di coglioni finché riguardano la gente comune. I problemi sorgono quando la «soffiata» coinvolge qualche personalità in vista. Allora si scatenano le immancabili polemiche sul segreto istruttorio, si annuncia la caccia serrata ai responsabili, e per un po' di tempo scoprire chi ha cantato diventa decisivo. Quasi piú importante di dare un volto e un nome all'autore del crimine. Poi, passato qualche giorno, tutti se ne scordano. Ipocrisia, gioco delle parti, chiamatelo come vi pare. Mentre la Baldoni, con una certa discrezione, comincia a far girare la foto del ragazzo che Rubei ha estrapolato dai nastri delle videocamere, mi avvicino a Tagliaboschi e gli metto una mano sulla spalla. Il cronista è un cinquantenne piccolo, nervoso, avvolto da un sentore di nicotina e sudore. Si irrigidisce al mio tocco, ma lo placo con un sorriso affabile e l'offerta di un drink, che accetta prontamente.

– Le notizie volano a Roma, eh, Tagliabo'?

Il cronista si rilassa. Parlottiamo per un po' come vecchi amici davanti a due spritz. Ha già intervistato la sorella della morta, che definisce «un tipo ordinario», niente a che vedere, aggiunge, con quel pezzo di fica di Giada. Il ritratto agiografico della vittima, confida, contrasta con la sua presenza in un club, diciamo cosí, «particolare», come il *Foxy*.

– Perché particolare?

– Andiamo, Brandi, non mi dire che non lo sai! È roba di Peppe Scansa.

Tagliaboschi ha scambiato il mio silenzio per una doverosa copertura del segreto.

– Allora, lo posso scrivere che lei è stata vista qua poco prima di essere uccisa?

– Servirebbe a qualcosa se ti dicessi di no?

– E di Peppe Scansa?

– In che senso?

– Be'. Lo sanno tutti che questo locale è suo. C'entra qualcosa?

– Facciamo cosí. Ti autorizzo a scrivere che il locale, e la sua gestione, sono estranei all'accaduto.

– Sicuro?

– Sicuro.

– Ti devo un favore. Intanto, scriverò che gli uomini agli ordini del commissario Brandi indagano in tutte le direzioni. Alla tua!

Quando solleva il bicchiere con il liquido color arancione gli blocco il braccio a mezz'aria.

– Do ut des, Tagliaboschi.

– E te pareva. Sarebbe a dire?

– La soffiata. Da chi l'hai avuta?

Tagliaboschi prende tempo. Finge di meditare. Ma sa meglio di me che il giochino delle informazioni riservate funziona in entrambi i sensi. Do ut des, appunto. Quando l'attesa gli sembra sufficiente a salvare la faccia, fa il nome. A contattarlo è stato Daniele, il ragazzo che ha messo noi per primi sulla strada giusta.

– S'è fatto dare duecento euro. In fin dei conti, niente di che.

– Grazie. Siamo pari. E ora levati dalle scatole, stiamo lavorando.

Mentre il giornalista ripiega, e finisco il mio spritz, mi scopro a pensare che in fondo siamo parte di un comune ingranaggio. Tagliaboschi ha la sua notizia, il ragazzo il suo compenso, noi la nostra pista investigativa. Ognuno guadagna qualcosa, e non ci sono perdite. Il tutto ha un che di meschino, di miserabile? Può essere. Ma se si esamina la questione sotto un diverso punto di vista, non solo queste sono le regole del gioco, ma funzionano pure. Diciamo che la trivialità è un piccolo prezzo da pagare allo spirito dei tempi. Chissà perché l'espressione di Marco Lulli continua a ronzarmi in testa. Lo spirito dei tempi. La Baldoni mi strappa alle mie riflessioni.

– Vieni. È importante.

Nell'ufficio di Pieri Ottavio ora siede Peppe Scansa in persona. Scuro, massiccio, in giacca e cravatta, coi capelli rasati a zero, la barba incolta e un sorriso mellifluo sul volto tondeggiante, sembra l'incrocio tra un figurante della serie *Gomorra* e un jihadista in libera uscita. Con una mano zeppa di anelli regge un bicchiere di whisky, con l'altra sventola la foto ingrandita del ragazzo nero.

– Si chiama Amadou o qualcosa di simile. È senegalese, o comunque africano. Prima che lei me lo chieda, commissario: spaccia.

– Che genere di roba?

– Un po' di tutto. Coca, ecstasy, meth, speed, quello che gli capita fra le mani. Una volta l'abbiamo pizzicato con del crack e gli abbiamo fatto capire che non era il caso di farsi vedere da queste parti.

– Immagino i sistemi, Peppe.

– Come direste voialtri? Ordine pubblico. Quello stronzo qua dentro non può mettere piede.

– Ma davvero! L'altra sera era qua, guarda caso. E s'è allontanato con una ragazza che poco dopo è stata ammazzata.

Peppe aggrotta le sopracciglia e alza le mani, come in segno di resa.

– Ho già provveduto perché la cosa non si ripeta. D'altronde, lei lo sa meglio di me, commissario, di questi tempi gira certa gentaglia…

– È lo spirito dei tempi, – commento, a mezza voce.

Peppe annuisce vigorosamente.

Vedo che ci capiamo!

La Baldoni, che sino a questo momento è rimasta in disparte, ne ha abbastanza.

– Sai dove possiamo trovarlo?

Peppe la fissa, come se la vedesse per la prima volta. E mi rivolge un sorriso cattivo, da professionista della strada.

– Commissario, la sua collega avrebbe un futuro nel mondo dello spettacolo…

– Che cazzo dici? – insorge la Baldoni.

– Se sapesse ballare e cantare, con quel fisico…

Blocco la Baldoni, già pronta a passare alle maniere forti. Tutto questo scambio non è che l'ennesimo gioco delle parti. Peppe Scansa gioca a fare il boss. Deve sottolineare che il suo ruolo non è quello di informatore. E farsi strappare di bocca un'indicazione che ha già deciso di fornirci.

L'insulto alla Baldoni fa parte delle regole. Sulla reazione di lei non sarei tanto sicuro, perciò le ordino di lasciare la stanza e resto faccia a faccia con Peppe.

– Hai finito di cazzeggiare?

Si stringe nelle spalle e sbuffa.

– Che le devo di', dottor Brandi? Quando vedo una bella donna non riesco a trattenermi... comunque, quello stronzo bazzica il Pigneto. Sta con una tossica, si fa chiamare Maria Maddalena, come la prostituta dei Vangeli, che fantasia, eh?

– Tutto qui?

– Per quanto mi riguarda è pure troppo, commissa'. E secondo me, se il negro c'entra con la morte della ragazza, a quest'ora non lo beccate piú.

La Baldoni mi aspetta fuori dal locale, corrucciata e offesa. La consolo con una carezza.

– Fra un paio di settimane, con calma, diciamo due paroline a quelli dell'antidroga e facciamo una bella retata. Ci facciamo dare una mano dalla Municipale. Troviamo un paio di pesci piccoli e mettiamo a verbale le solite infrazioni ai regolamenti comunali. Gli chiudiamo il locale per un mesetto.

– Voglio esserci, cazzo.

– Sí, ma intanto dobbiamo fare in fretta.

Abbiamo due nomi e l'indicazione di un quartiere, potrebbe essere già tardi.

Il Pigneto, un tempo, era fra i simboli dell'antifascismo romano. Quartiere rosso per eccellenza, come San Lorenzo. Da alcuni anni gli spacciatori l'hanno eletto a loro riservato dominio. E le bande etniche hanno assunto il controllo del territorio. Per noi è difficile entrarci senza essere sgamati dalle vedette. Qualche collega ha rischiato di rimetterci le penne mentre cercava di agguantare uno spacciatore. Il Pigneto, come tante altre aree problematiche della città, di ogni grande città, ti dà la sensazione di vivere in un perenne stato d'occupazione militare. Quello che ti manda fuori di testa è il pensiero della maggioranza di persone per bene costrette a barcamenarsi fra la violenza dei predoni e la nostra insufficiente repressione. Mentre ne parlo col Pulciaro mi riecheggiano in mente le parole definitive di Ascanio: «Je dico io che se dovrebbe fa', commissario: chiudiamo le strade con l'esercito e ci andiamo dentro con duecento ragazzi di quelli tosti. Con licenza di manganello, non so se mi spiego. Tempo due giorni, il quartiere lo ripuliamo. Certo che se poi quelle teste di cazzo dei giudici li rimettono fuori aristamo a caro amico. Ma intanto, gli abbiamo fatto vedere chi siamo, e che cazzo!» Se non altro, Ascanio ha il pregio della chiarezza. C'è anche lui, in macchina, la macchina senza contrassegni, insieme a me, alla Baldoni e, appunto, al Pulciaro. Abbiamo infiltrati, al Pigneto, ovvio. Giovani agenti vestiti con la divisa d'ordinanza del tossico o del disperato, uniformi che tendono ineluttabilmente a confondersi. Girano, osservano, annusano, a volte mettono le mani su qualcosa di importante. Dobbiamo cambiarli spesso, perché dopo qualche settimana c'è chi comincia ad accorgersi di loro, e bisogna tirarli fuori prima che si brucino. La strada ha una sua intelligenza. È vivace, reattiva, spietata. Proprio come i criminali che la governano.

Il Pulciaro conosce Maria Maddalena, al secolo Proietti Angelica, e sa che sta con un nero. La descrizione corrisponde a quella di Amadou. Ma sapere non ci è di nessun aiuto. Non possiamo presentarci a casa di questa Maria Maddalena e chiederle cortesemente di aiutarci a contattare il suo uomo. Il suo uomo sospettato di omicidio. Perciò il piano prevede che il Pulciaro, uno e sessanta di muscoli con barba e capelli unti, jeans sfondati e scarpe da ginnastica che hanno conosciuto giorni migliori, il Pulciaro, coi suoi denti volutamente sporcati per simulare il tratto caratteristico del tossico, ci porti Amadou fuori dal Pigneto. Cosí che noi possiamo, come si dice, prenderlo in carico. Ma quando il Pulciaro, istruito a dovere, parte per la sua missione, nell'abitacolo che sa di fumo stantio e di adrenalina ci accomuna una sola, grande paura. Che Amadou se la sia già svignata. Per dove, e con chi, vallo a sapere. E le ore passano, lente. Finché, verso le quattro, sul cellulare non mi arriva l'sms del Pulciaro. Arriviamo. Ascanio arma la Beretta d'ordinanza. Lo fulmino con un'occhiataccia, che lui rispedisce al mittente brontolando una bestemmia a mezza voce. La Baldoni, che si era appisolata, si riscuote, esce dal veicolo e va a nascondersi in un portone vicino, pronta a intervenire in caso di emergenza. Quanto a me, esco dall'abitacolo, mi appoggio al cofano anteriore e mi accendo una sigaretta. Passano cinque, dieci lentissimi minuti. Arriva un altro messaggio del Pulciaro: siamo qui. Dall'estremità della via che porta al cuore del Pigneto compaiono due figure. Amadou è alto quasi uno e novanta, il contrasto con la bassa statura del Pulciaro ha del comico e del drammatico nello stesso tempo, sembra il manifesto di quel vecchio film, *Un uomo da marciapiede*. Il Pulciaro offre una sigaretta al nero, che l'accende e si mette a fumare. Ottimo. Il Pulciaro si guarda intorno, mi vede e viene verso di me. Amadou lo segue tranquillo, sembra non sospettare niente. E questo non mi piace. È troppo tranquillo per uno che abbia appena commesso un omicidio e tema di essere braccato. Quando siamo a due, tre metri di distanza, il Pulciaro fa un cenno di saluto. Vedo, con la coda dell'occhio, Ascanio. Sta scivolando fuori dalla macchina, piegato su sé stesso. Vado incontro al Pulciaro. Ci stringiamo la mano. Poi saluto Amadou.

– Hai la roba?

– Certo, amico. Nando, qua, – risponde, con un largo sorriso, indicando il Pulciaro, – mi ha detto che puoi spendere. E, ti assicuro, fratello, la mia roba è la migliore...

Non fa in tempo a finire la frase. Ascanio lo prende alle spalle, cingendolo in un abbraccio al quale è impossibile sottrarsi. Mentre la Baldoni, che si è materializzata alla nostra sinistra, urla «Fermo, polizia!», Amadou è già a terra, ammanettato. È incredulo, nei suoi occhi brilla un lampo rabbioso. Ascanio, prima che possa impedirglielo, gli assesta un calcetto monitorio. Il Pulciaro mi guarda, perplesso. Amadou comincia a urlare con quanto fiato ha in corpo. Grida aiuto in italiano, inglese, nella sua lingua. Grida e insulta noi poliziotti. Forse spera nel soccorso di una banda o di qualche sbandato? Ma qui non siamo nel suo quartiere. Qui siamo nel nostro territorio. Dove la brava gente si fa i fatti propri e se beccano uno spacciatore si mette pure ad applaudire. Ascanio e la Baldoni lo trascinano in macchina. Il Pulciaro li segue. Prima di raggiungerli indosso i guanti e raccolgo il mozzicone della sigaretta che Amadou ha perso nel corso della colluttazione.

La Baldoni, con l'aiuto del Pulciaro, stende il verbale di arresto. La perquisizione ha portato alla luce dieci dosi di cocaina già pronte all'uso. Sotto questo aspetto, Amadou è incastrato. Ascanio gli chiede se abbia un difensore di fiducia. Amadou risponde di no. Lo avverto che domattina gliene verrà assegnato uno d'ufficio e che per il momento è in arresto per spaccio di droga. Si stringe nelle spalle. Quando abbiamo trovato le bustine si è sgonfiato. Anche la furia di pochi istanti prima faceva parte di una recita.

Ora Amadou si guarda intorno e si domanda quale sia la maniera migliore per uscire da questa situazione.

– Sono povero, niente lavoro, perso lavoro, – attacca a dire, con la sua voce profonda e roca, – prima volta che vedo quella merda, lo giuro, io ho famiglia in Senegal, figli, non voglio che miei figli prendono quella roba, quella roba fa male, io so che fa male...

Va avanti con la stessa solfa per almeno dieci minuti. Se non sapessi che razza di bastardo è, sarei quasi tentato di credergli. In fondo, nella sua triste perorazione ci sono pure elementi di verità. È un povero immigrato clandestino. Vero. Si è messo a spacciare perché ha perso il lavoro. Verosimile. Se trovasse un altro lavoro, se gli dessero un'opportunità, cambierebbe strada. Falso. Gente come lui non cambia. È troppo tardi per cambiare. Ma, per il resto, mi domando se non stiamo facendo un buco nell'acqua. Lo lasciamo solo nella camera di sicurezza e ci riuniamo nel mio ufficio. Il Pulciaro ci dice che, per tutto il tempo in cui sono stati insieme, mentre prendevano accordi per la compravendita della roba, non gli è sfuggito nessun accenno alla ragazza.

– Io però non ho insistito piú di tanto, dotto'. Meglio non correre rischi, no?

Il Pulciaro chiede e ottiene congedo. Ascanio afferra la busta termosigillata nella quale la Baldoni ha provveduto a sistemare il mozzicone di sigaretta: reperto numero 1.

– È lui. E mo' so' cazzi suoi. Domani, quando facciamo il Dna, lo incastriamo. Lasciatemelo dieci minuti e vedete se non confessa.

Sorrido. Anche Ascanio ha un suo ruolo, nella commedia. Lo sbirro corna dure che sa dove e quando è il caso di menare. E anch'io mi metto all'altezza.

– Non dire cazzate. E non farne, intesi?

Ascanio annuisce. La Baldoni sbuffa. In realtà non c'è piú molto da fare, per questa notte, se non provare a recuperare almeno un paio d'ore di sonno. Il mozzicone sarà inviato alla Scientifica domattina. Ma le cose andranno fatte con cura. Amadou incontrerà il suo avvocato e il Pm lo indizierà formalmente di omicidio. Le analisi saranno effettuate nel rispetto del contraddittorio. Sciolgo la combriccola con un sospiro. La Baldoni mi cerca con gli occhi, ma la ignoro. Sono già fuori dal commissariato, salutato da un piantone che non vede l'ora che me ne vada, quando ci ripenso e torno indietro. Amadou dorme sulla pancaccia della camera di sicurezza. Come diavolo si fa a dormire cosí dopo aver spaccato la testa a una ragazza? Lo sveglio. Mi fissa con i suoi occhi cisposi.

– Della droga me ne fotto. Parlami della ragazza.

– Quale ragazza?

– Quella che hai rimorchiato al *Foxy* due sere fa.

Sembra pensarci su un attimo, poi inalbera una smorfia disgustata.

– Ah, quella stronza. Dice che voleva roba, ma io non avevo roba. È andata via.

– È andata via da sola?

– Certo, mica con me.

Amadou ride. Una risata carica di sottintesi. Come dire: vuoi sapere se ci sono stato? No, non ci sono stato. Plausibile. Però sono andati via insieme. Amadou mente. E mente anche sulla droga. Lei ne ha chiesta, lui l'aveva. Sono andati via insieme. A farsi insieme. Poi l'ha uccisa? E se ne sta qua tranquillo, senza nessuna reazione?

A casa, nel mio letto, insonne. Amadou e Giada. Li immagino mentre scopano, e mi eccito. Amadou e Giada. Il rozzo spacciatore e la bella, colta e sensibile gallerista. Insomma: colta e bella, certo. Ma sensibile perché? Che cosa ne so, davvero, di lei? Lo sguardo della Piccola Fiammiferaia... l'uomo che l'attendeva nervoso fuori dal *Foxy*, la scheda criptata... l'eccitazione non accenna a svanire. Telefono a Laura. La sua voce, assonnata, mi risponde al sedicesimo squillo.

– Ma sei fuori? Hai idea di che ore siano?

– Mi manchi.

– Fanculo, – ridacchia, – non è una buona ragione per svegliarmi. Almeno fossi qui...

– Con un cabaret di paste, un fascio di rose rosse e l'accompagnamento di violini zigani?

– Veramente pensavo a qualcosa di piú prosaico...

– Accendi Skype.

Facciamo l'amore a distanza, lei nella sua stanza d'albergo a Edimburgo, io sulla poltroncina girevole Ikea, ciascuno perso nei propri sensi, ciascuno cristallizzato nel suo schermo. Alla fine ci accasciamo all'unisono. Appagati. Prendo sonno quando l'alba è già alle porte.

Amadou resiste a tutti gli interrogatori. Manda al diavolo il suo avvocato quando gli consiglia di avvalersi della facoltà di non rispondere, e grida a gran voce la sua innocenza. L'unica cosa che è disposto ad ammettere è di aver ceduto una dose a quella matta.

– Prima ha detto: vieni, scopiamo, poi, sotto casa sua, mi è passata la voglia, dice, e vaffanculo!

Ascanio, e lo stesso Pm, gliel'hanno suggerito venti, cento volte. E allora tu hai perso la testa e l'hai colpita. Ma Amadou è incrollabile. Lo portiamo in tribunale per il processo per direttissima per le dieci dosi, ed è un assalto dei giornalisti. Amadou si mette in posa e grida anche a loro: sono innocente. Il processo è rinviato per disporre una perizia sulla roba sequestrata. Negli occhi del Pm colgo le prime avvisaglie dello sconcerto. E se il Dna non fosse il suo? Ma quanto ci mettono quelli della Scientifica? Mi ritrovo la stampa, capeggiata da Tagliaboschi, sotto l'ufficio. Lampi, flash, domande incalzanti. Sui giornali di destra si torna a invocare con forza la chiusura delle frontiere. Su quelli di sinistra echeggiano rimandi a celebri casi di cronaca in cui un ragazzo nero era stato ingiustamente accusato di omicidio, e poi prosciolto. Aleggia la parola «razzismo». Ascanio perde la pazienza.

– Ma che cazzo! Quanti casini per uno spacciatore!

La dichiarazione viene ripresa e amplificata. Chiama il capo della Polizia, imponendo una pronta rettifica. L'ala dura di sbirropoli preme per una difesa a oltranza del valente collega. La destra insorge davanti alla prospettiva che si chieda scusa a un negro. Vado in televisione per un breve pronunciamento. Amadou è solo un sospetto, oggetto di doverosa indagine. I diritti del sospettato saranno garantiti in maniera scrupolosa; il sottufficiale Ascanio è rimosso dal caso. Se ne va senza salutarmi, profondamente offeso e deluso. No, anzi, confermato nella pessima opinione che ha di me. Il capo della Polizia loda urbi et orbi la mia prudenza.

– Ma secondo lei, Brandi, questa storia...

– Il nero non c'entra. Sono pronto a giurarlo.

– E allora, – conclude il capo, incupito, – prepariamoci a essere investiti da una colossale valanga di merda.

Ed è quanto accade la mattina dopo, quando il Dna scagiona definitivamente Amadou.

Se esiste un Dio dei poliziotti, è un essere bizzarro, imprevedibile, a volte sanguinario, altre volte misericordioso e caritatevole. Ha la tendenza a manifestarsi nei modi piú singolari. E ti coglie sempre, immancabilmente, di sorpresa. A volte, come in questo caso, però, è la tenacia dell'investigatore a provocarne l'epifania. Ho ripreso in mano il caso dal momento iniziale. Per me, è sempre stato il quadro della Piccola Fiammiferaia. Se ha un senso il ritratto di Giada che, per merito dei pochi elementi a disposizione, si è venuto formando nella mia mente, se è lei la bambina del quadro, è da lí, da quello sguardo, da quella cattiveria che devo ripartire. Da quell'inganno. Anche perché non ho altro. Giada è risultata positiva alla cocaina, ma questo l'avevamo già accertato. Aveva un'immagine pubblica riservata, ai limiti del monachesimo, ma anche una doppia vita. E non siamo riusciti a penetrarla. Rubei ha fatto miracoli con la tecnologia. La scheda telefonica madre, quella che l'ignoto signor MV ha montato sull'apparecchio che autorigenera l'Imei, è stata acquistata a Roma da un prestanome. Un rumeno, ovvio. Naturalmente non rintracciabile, ammesso che un individuo di nome Ovidiu Cosu sia mai esistito. Ma parliamo di elementi concreti, e la concretezza gioca contro di me. Perciò era doveroso ripartire dal quadro. Perché se la Piccola Fiammiferaia è Giada, come io credo, chi ha colto quella somiglianza è la persona che meglio di chiunque altra conosceva la protagonista della sua storia. Quella persona ha un nome, e persino un nome noto. Ash-X. Ho torturato Marco Lulli, studiato con pazienza certosina la biografia dell'artista, telefonato a centinaia di suoi potenziali conoscenti. E finalmente sono riuscito a scovarlo. Ho un contatto Skype, recuperarlo mi è costato un bel po' di quattrini, miei quattrini personali, elargiti in cambio dell'informazione a una modella che alcune fotografie di anni addietro mostravano, in pubblico, accanto a Ash-X. Ora lui è davanti a me, sullo schermo. Un orso dai capelli precocemente bianchi, infastidito dall'invadenza del mio avatar che, dall'emisfero opposto, ha turbato il suo sdegnoso ritiro artistico. Ma anche lui, ai miei occhi, è un avatar. L'avatar del Dio degli sbirri. E a lui sono affidate le mie ultime speranze di salvarmi dalla catastrofe.

– Sí, la conoscevo. Sí, mi ha ispirato una serie di quadri, li ho chiamati *Le fiabe perverse*. Questo l'avrà letto su Internet.

– Certo, maestro. Ma perché proprio lei, perché proprio Giada?

Ash-X si prende una pausa. Lascia partire un sospiro rauco, dal fondo catarroso.

– Ne era innamorato? – insisto.

– Come tanti. E come tanti altri mi ha scaricato quando ha trovato di meglio.

– Perché ha usato il trompe-l'œil?

– È una mia tecnica abituale. Spiazza lo spettatore. Aggiunge senso all'opera. Non appartengo a quelle avanguardie che disprezzano il senso.

– E allora mi spieghi il senso del trompe-l'œil di Giada...

– Non ci è arrivato da solo?

Ora è il mio turno di tacere. Un silenzio scandito dal respiro pesante del maestro. È vero, potrei esserci arrivato. Ma deve essere lui a dirmelo.

– Lei non era come sembrava, – rantola, infine.

– E com'era davvero Giada?

Dallo schermo rimbalza la risata astiosa di Ash-X. Qualcosa, nelle sfumature della mia domanda, deve avergli suggerito un coinvolgimento esagerato.

– Anche lei, eh? Anche lei preda della passione... L'integerrimo poliziotto... scommetto che ha sognato di scoparsela. Be', glielo posso assicurare, caro mio. Si è perso qualcosa. Ne valeva davvero la pena. Comunque, anche da morta continua a suscitare ossessioni...

– La smetta. Sto facendo il mio lavoro. Risponda alla domanda.

– Com'era Giada? – riprende, questa volta senza pause, in tono neutro. – Era avida, calcolatrice. Un'autentica bastarda.

– Lei dice che l'ha lasciata. Sa con chi si è messa, dopo di lei?

– Non mi ha certo dato questa soddisfazione. Un giorno è sparita, di punto in bianco. E quando ho chiesto spiegazioni mi ha risposto: ho trovato di meglio. Fine della storia.

Non riesco a controllarmi. Salto in piedi, stringo i pugni, mi scappa una bestemmia. No, no, per la miseria, non adesso, non a un passo dalla soluzione!

– Ha colpito a fondo, eh, commissario?

Recupero freddezza. Gli chiedo del quadro, gli dico che per me è la Piccola Fiammiferaia.

– Veramente pensavo a tutt'altro. A un serpente a sonagli. Come ci è arrivato?

– L'ho visto.

– Ah, sí? E dove? In rete? Sul catalogo di Marco Lulli?

– No.

– Mi pareva. Non esistono immagini di nessuno dei miei quadri. È una mia precisa scelta. Inderogabile.

– L'ho visto a casa sua.

– A casa di chi?

– A casa di Giada.

Ash-X si gratta la folta barba.

– Strano, – mi fa, e per la prima volta sembra sinceramente sorpreso, – quel quadro non doveva essere lí. L'ho venduto io di persona al dottor Guerra. Come ci è finito a casa di Giada?

– Guerra? Quel Guerra?

– Si capisce, – ride Ash-X, – chi altri potrebbe permettersi le mie quotazioni? *La Piccola Fiammiferaia* appartiene a Marco Valerio Guerra.

Le implicazioni mi assalgono nel momento stesso in cui il faccione di Ash-X scompare dallo schermo. Marco Valerio Guerra. MV come Marco Valerio. Il misterioso amante. Il telefono criptato. Tutto sembra tornare. Ma devo prendere in considerazione ogni possibile variante. Sono a un passo dal piú clamoroso successo della mia carriera. Potrei essere proiettato nell'empireo investigativo, se le connessioni che si affollano nella mia mente dovessero essere confermate. Ma potrei essere cancellato per sempre da ogni lista, passata, presente e futura, se prendessi un abbaglio. Marco Valerio Guerra. Marco Valerio Guerra e Giada amanti. Lui le regala un quadro che la raffigura. Poi c'è una scenata. Fuori dal *Foxy*. Lui la raggiunge a casa. Fanno l'amore. Dna, Dna… poi la lite. La violenza. La morte. Ma, un attimo? Il quadro potrebbe essere stato affidato a Giada perché lei lo vendesse. O per un expertise. O solo temporaneamente appoggiato in casa sua per chissà quale altro motivo. Marco Valerio Guerra. Maledizione. Fra tanti possibili sospetti, Marco Valerio Guerra è il piú rognoso che potesse capitarmi… E se fossi io, il commissario Brandi, a risolvere il mistero della tua morte, Giada? Penso di comunicare la notizia in via riservata ai superiori, ma mi rendo conto che ne approfitterebbero. Per togliermi il caso, per insabbiarlo, oppure per gloriarsene. A un tratto mi sento circondato, osservato. Vorrei parlarne con Laura, ma mi chiedo: quanto posso fidarmi di lei? Sí, lo so, è desolante vivere in un perenne clima di sospetto, ma, come direbbe Marco Lulli, è lo spirito dei tempi… I giornali: hanno parlato del quadro? No, certo, sembrava a tutti, ma non a me, un dettaglio irrilevante. Perché allora Marco Valerio Guerra non si è fatto avanti per rivendicarne il possesso? Si sente colpevole, vuole mettere la maggiore distanza possibile fra la sua figura pubblica, quasi leggendaria, e una povera ragazza massacrata. Ma in questo caso, è necessariamente colpevole o solo... riservato? Passo dall'esaltazione alla depressione in un rapido volgere di istanti. Che fare, Brandi, che fare? Intanto, giocarsi una mossa d'apertura. Giusto per sondare il terreno.

Al mattino, rasato di fresco, con indosso il mio abito migliore, mi presento alla reception della Fondazione Guerra. Chiedo che informino il dottore della mia presenza. Una segretaria efficiente scuote la testa. L'agenda è piena zeppa di impegni, sarebbe meglio lasciare un recapito, sarà sua premura richiamare in tempi ragionevoli. Insisto perché faccia pervenire il messaggio. Il suo volto è una poesia quando mi comunica che il dottore è disposto a concedermi cinque minuti. Due guardie del corpo mi scortano al settimo piano dello stabile di via del Corso. Marco Valerio Guerra è basso e tarchiato, ha gli occhi grigi. La somiglianza con l'uomo del filmato, quello che litiga con Giada, è impressionante.

– Sono il commissario Brandi, – gli dico, tendendo la mano, e la mia voce risuona impacciata e stridula.

Gli occhi di Marco Valerio Guerra si velano di un indefinibile senso di sconfitta.

– La stavo aspettando, – sussurra, – solo mi domando: perché ci ha messo cosí tanto tempo?

2.

Marco Valerio

Voi ci credete al destino?

No, non rispondete. È una domanda retorica. Per diversi motivi: il primo, fondamentale, è che di quello che credete non mi importa niente. Proprio niente. Capirete che, premesso ciò, le altre ragioni per le quali la vostra risposta non mi interessa perdono di significato; e tuttavia, volendo approfondire ancora, vi direi che il livello medio della gente, quindi il vostro livello medio, è cosí basso e prevedibile che non serve a nulla fare domande di cui si conoscono già le risposte.

Io, vedete, sono assai piú intelligente del piú intelligente di voi.

Ci si potrebbe validamente chiedere, a questo punto, che ci faccio qui. Com'è stato possibile che uno come me, in possesso delle facoltà di cui sono dotato per natura, si ritrovi in questa incresciosa situazione. Anche perché alle predette capacità naturali vanno aggiunte le numerose prerogative derivanti da un'immensa ricchezza, di cui al pubblico è nota forse la cinquantesima o sessantesima parte (dipende dalle ondivaghe valutazioni degli immobili nel continente americano), e dall'articolata rete di persone piú o meno importanti che potrei facilmente ricattare.

Del resto, anche il piú deficiente di voi ammetterà che l'esercizio continuato per settant'anni di un'intelligenza superiore, coniugata all'altrettanto innata capacità di manipolare le coscienze e di acquisire strumenti funzionali alle strategie, non può che portare all'accumulo di un vero e proprio arsenale di armi utili per salire sempre piú in alto. Questo è semplice.

Il difficile è fare in modo che nessuno se ne accorga. Perché, se se ne accorgono, ti ostacolano. È una legge precisa.

Il destino, dicevamo. Molti di voi ci credono, ammettetelo. Ci credete quasi tutti, anche se gli date nomi diversi. Di derivazione religiosa, spesso. Oggi ci si vergogna di essere religiosi, quando ero ragazzo io no, era normale.

Io però non lo sono mai stato. Delegare a un'Entità superiore la responsabilità di quanto succede sulla superficie del nostro minuscolo pianeta è una delle piú grandi scuse per la propria incapacità che gli esseri umani abbiano inventato. È stato Dio a volerlo. Dio lo vuole. Dio non vuole. È contro il terzo, il quinto, l'ottavo comandamento. Vai a confessare questo o quel peccato, se no finisci all'inferno.

Che cazzate. Che assurdità. I peccati non esistono. Esistono le cose che ti fanno comodo e le cose che ti si ritorcono contro, ecco che cosa esiste. Non il giusto o lo sbagliato. Quindi niente destino.

Ho studiato, con molta attenzione. Ho studiato perché quasi tutto ciò che succede in qualche maniera è già successo, e studiarne le conseguenze aiuta a non ripetere gli stessi errori. Tutto si replica, all'infinito. Anche questa cosa, quello che mi è capitato, quello per cui sono qui, è già accaduta in passato. Sarei in grado di mostrarvi un numero pressoché infinito di esempi, ma non comprendereste, perché verreste incantati da differenze che in realtà sono solo formali: le epoche, i vestiti, gli usi e i costumi, le latitudini e le leggi.

Allora vi do una notizia: gli eventi che riguardano l'umanità sono sempre gli stessi, uguali e prevedibili. E io, che come vi ho detto prima sono intelligente, non sono però immune dalla melma, dalle sabbie mobili delle emozioni, delle passioni e dei sentimenti: il maledetto comune denominatore, l'infame, orrenda palude nella quale cerchiamo pateticamente di vivere sognando di volare, e affondando invece sempre di piú.

Fermo restando tutto questo, il destino non esiste. Ovviamente. Cosí come non esiste Dio, o Viṣṇu o comunque lo vogliate chiamare. Non c'è nessuno che ci aspetta dietro le nuvole per farci pagare i nostri errori o per premiarci, a seconda di come ci siamo comportati in vita. La ricompensa, o la punizione, sono tutte qui, in come viviamo. Il che non significa che non sia bello o utile comportarsi bene: meglio suscitare amore che odio, se proprio non si riesce a passare inosservati, che è la cosa migliore. Solo non pensate a un dopo, perché semplicemente non c'è.

Continuo a divagare, lo so. Cioè, a voi sembrano divagazioni, perché siete limitati, in effetti sono opportunità di pensiero che la via principale del ragionamento offre. Se dovete andare da A a B, nulla toglie che vi possiate fermare lungo la strada a guardare un bel panorama, no? Tanto c'è tempo. C'è sempre tempo.

Non è il destino, sono singoli fattori che determinano l'andamento delle cose. La maggior parte della gente non li vede, non sa riconoscere gli snodi, i minuscoli bivi che decidono gli eventi successivi: ma ci sono, eccome se ci sono. E sono invece questi momenti, che sovente paiono senza importanza, di dimensione inferiore, i piú rilevanti, quelli fondamentali. Si potrebbe anzi affermare che la differenza tra me e voi, ciò che fa di me un burattinaio e di voi delle marionette, stia proprio nella capacità di distinguere tali eventi e di valutarne correttamente il peso, scegliendo di conseguenza.

Questo, ovvio, per quanto riguarda ciò che è nella disponibilità dell'individuo, che è la parte piú cospicua. Perché qualcosa sfugge, certo. Qualcosa non dipende da noi. Sono pochissimi fattori, una quantità residuale, mi sentirei di affermare, ma se ne deve comunque tenere conto. Uno di essi è il nome.

Ridacchiate, adesso. Con un'aria di sufficienza che vi fa sembrare ancora piú ottusi. E d'altra parte l'attuale situazione vi fa sentire forti, vero? Voi lí e io qui. Voi in giacca e cravatta e io vestito cosí. Eppure siete voi gli stupidi, senza alcun dubbio: perché se io sono qui è per un unico motivo, e cioè perché ci voglio essere. Altrimenti, al solito, non avreste avuto chance. Avreste perso, e io avrei vinto. Come è sempre stato.

Il nome, esatto. Quello ci viene attribuito, e non possiamo farci niente. Se mi interessasse davvero la vostra sorte, e vi assicuro che non è cosí, stabilirei per legge che ognuno si desse il suo al raggiungimento della maggiore età, delegando ai genitori solo la scelta di un appellativo provvisorio, da usare in via transitoria fino a diciott'anni. Io il mio lo avrei cambiato, per esempio.

Marco Valerio Guerra. Sí, lo so che sapete come mi chiamo. Quello che non sapete è quanto questo nome inutilmente pomposo, che fa pensare a battaglie antiche e a lotte per allargare l'Impero romano, mi abbia influenzato e orientato l'esistenza.

Il problema è che col tuo nome ti confronti quando sei nell'età formativa, cioè quando non hai ancora ben chiaro chi sei e soprattutto chi sarai. E i ragazzini, è noto, sono bastardi se presi singolarmente, e perfino piú bastardi in gruppo.

Uno potrebbe credere che io abbia avuto un'infanzia facile. Be', nessuna infanzia è facile. Soprattutto se sei migliore degli altri ma non ancora bravo a nascondere la tua superiorità. Alzi la mano per rispondere, fai i compiti molto meglio e molto prima degli altri, diventi un esempio che gli adulti, stupidamente, non mancano di citare e di usare a modello: tutta roba ottima per farsi odiare. Io, poi, avevo un'ulteriore caratteristica a mio discapito: l'appartenenza a una famiglia aristocratica, però con le pezze al culo.

C'è qualcosa di feroce nell'essere poveri in mezzo ai ricchi. Se sei un servitore, un domestico, vivi senza traumi la tua condizione, sai che per lavoro ti muovi in un mondo che non è il tuo, prendi quello che devi prendere, uno stipendio, magari le piccole cose che riesci a rubare, e la sera torni nella tua merda. Se invece sei indigente, ma devi mantenere le apparenze di un benessere che esisteva appena una generazione prima, e che ormai è un vago, indistinto ricordo, be', allora sei piú miserabile dei miserabili veri.

Mio padre è stato il primo, nella mia famiglia, che ha dovuto lavorare per campare. Fino a mio nonno si viveva del molto che arrivava dalle vaste tenute, e l'unica occupazione dei Guerra era badare di essere seduti vicino al capotavola nelle cene dell'altissima società, o assicurarsi che il palco a teatro fosse guardato con invidia dalla platea.

Mio nonno, vedete, giocava. Credo sia stata questa consapevolezza, raggiunta quando a dodici anni ho chiesto ragione delle giacche rivoltate e delle camicie rammendate, a orientare i miei primissimi business. Giocava. E perdeva.

I racconti a labbra strette e voce tremante di rabbia di mia madre, che aveva sposato un uomo credendo di aver messo un piede in paradiso e che invece si era ritrovata all'inferno, acquisivano nuovi particolari man mano che crescevo. Il patrimonio era stato ingente, anche al netto delle infiorettature di lei; ettari ed ettari di vigne e frutteti, interi palazzi del centro, addirittura un'isola al largo della Campania. E gioielli, carrozze, pellicce, mobili di pregio. Il ricordo piú vivo della mia adolescenza è questo sibilo violento e sordo col quale quella donnetta rancorosa descriveva l'infamia del suocero, una rabbia che non era stata spenta neppure dal colpo di pistola alla tempia col quale il disgraziato aveva deciso di uscire di scena. Prima si era mangiato tutto, e c'era voluto tempo: poi aveva intrapreso la via del debito, sprofondando sempre di piú, rovinandosi sempre di piú, coinvolgendo la famiglia sempre di piú. Erano scappati tutti, tranne il figlio. Mio padre.

La natura di mio padre, forse da quella avrei dovuto partire. Non da questa situazione. Non dal destino, che non esiste. Non da voi, qui ad ascoltarmi capendo forse una parola su tre, un concetto ogni dieci. Nemmeno da mia madre, dal suo opportunismo non scaltro e non lungimirante, dalle tonnellate di livore che accumulò per tutta la vita, nella convinzione errata di meritare piú di quello che ebbe.

No. Forse avrei dovuto partire dalla natura assurda di mio padre, da quel codice genetico, assemblato in chissà quale epoca di cavalieri e di dame e di onore, che ormai non c'entrava piú nulla con la vita vera. Perché, incredibilmente, qualcosa di quel codice dev'essere giunto perfino a me, che del realismo e del cinismo ho fatto una bandiera. Come una malattia, come una predisposizione dannata, come una maledizione. La natura di mio padre, che al pari di un'immagine distorta, riflessa in uno specchio deformante, è transitata attraverso i secoli ed è arrivata a mio figlio, di cui vi parlerò.

Ogni tanto vi agitate sulla sedia, aprite e chiudete la bocca, lo vedo. Vorreste dirmi di attenermi ai fatti, di seguire una linea di ragionamento piú comprensibile. Nelle vostre anguste menti, dall'orizzonte ristretto, pensate che io sia portato a divagare, ad allontanarmi dall'argomento. Magari credete che le mie siano farneticazioni, febbrili voli di un cervello che ha perso qualcosa, che si è disancorato da quanto è davvero accaduto. Che sia io, adesso, a capire poco.

Be', non illudetevi. Come sempre sono io che vedo la realtà in ogni sua parte, che considero ogni aspetto della situazione. Quindi sono io l'unico a poter decidere cosa è rilevante e cosa no, e voi siete costretti a seguire il mio volo, per quanto vi riesce, immersi come siete nella modestia della vostra piatta intelligenza. Dovete starmi a sentire, senza possibilità di deroga. E fingere di comprendere ciò che dico, pur non essendone in grado se non per una minima percentuale.

E non potete eccepire nulla. Appena sposterete di un millimetro l'asse dell'equilibrio, io tacerò. Per sempre, tacerò. E sapete perché? Perché io sto parlando per spiegare a me stesso, non a voi. Sto ricostruendo l'accaduto per trovare infine un po' di pace. Non certo per difendermi, o per sviare o depistare. Quello lo so fare fin troppo bene, e ci metterei forse tre minuti. Se mi interessasse. Ma non mi interessa.

Torniamo a mio padre. Alla sua assurda natura nobile. Si dice del vaso di coccio in mezzo a quelli di ferro, giusto? Un'immagine letteraria, che però serve a spiegare. Anzi non basta: mio padre non era un vaso. Era piuttosto un mazzo di fiori in tempo di guerra, decorativo e anche gradevole però inutile, se si ha fame. Perfino fastidioso per quanto è fuori posto, per quanto, in qualche strana maniera, ti ricorda un'epoca e un luogo tanto lontani da far male.

Era pacato, sorridente, silenzioso. Sollecito, facile a commuoversi e a intenerirsi. Incapace di dire di no a qualunque richiesta di aiuto. Sensibile alla sofferenza altrui come e piú che alla propria. Io ho subito compreso che, per avere qualche speranza di sopravvivere in un mondo che è una giungla, avrei dovuto essere l'esatto contrario.

Oggi non ho nemmeno piú pietà di lui. Forse non l'ho mai avuta, a essere sincero. I deboli mi fanno orrore, non pietà. Eppure adesso dovrei capirlo meglio, non credete? Adesso che sono in questa condizione. Adesso che è successa questa cosa. Adesso che mi ritrovo qui a parlare con voi e ad aprire la porta della mia cantina buia e maleolente.

Era un uomo colto e raffinato, mio padre. Lo dico quasi fosse una colpa, un delitto. Essere cosí senza poterselo permettere equivale a essere un animale della giungla privo di artigli e zanne, miope, senz'ali e nemmeno abbastanza veloce da scappare. Hai la sorte segnata, a essere cosí. Tentava di fare l'avvocato: diritto societario e fallimentare per sfruttare le conoscenze. Era bravo, ma non era aggressivo, quindi beneficiava della carità di amici e parenti che lo aggregavano ad altri professionisti per fare il lavoro oscuro, scartabellare fra testi e sentenze alla ricerca di precedenti, tutta roba che ora fa agevolmente un ragazzino con un computer.

Io portavo il mio nome come una croce. Marco Valerio, doppio e doppiamente difficile da portare. Mi prendevano per il culo tutti, compagni e professori: pronunciandolo facevano la voce profonda e un leggero inchino, atteggiandosi a maggiordomi da commedia. E poiché io ero talmente ingenuo da mostrare la rabbia, insistevano.

Non potevo andare alle feste, né ai viaggi organizzati dalla scuola. Chiesi a mio padre di frequentare un istituto pubblico, per non continuare a subire umiliazioni; ricordo che gli occhi gli si riempirono di lacrime, disse che preferiva i debiti, piuttosto che essere il primo Guerra a scendere tanto di livello.

Fu naturale, a quel punto, che mi orientassi a procurarmi ciò che mi mancava per raggiungere gli altri: i soldi.

Vi sorprenderebbe sapere quanti fossero, già all'epoca, piú o meno nel neolitico, gli ottusi figli di papà con disponibilità pressoché illimitate di denaro. E quanto fossero ansiosi di cederlo.

Ho parlato di intelligenza superiore, ma forse sarebbe piú corretto parlare di intelligenza emotiva. Nel campo il sottoscritto è effettivamente insuperabile.

In pratica, io convinco la gente.

Quando mi serve, in ogni occasione, io convinco la gente. Prima faccio in modo che pensi ciò che voglio che pensi, poi che immagini che sia una sua idea autonoma, infine, e di conseguenza, che la sostenga. Con forza. A volte mi diverto a contraddire, a sollevare obiezioni: e ascolto come cercano di convincermi di quello di cui volevo convincerli io.

Mi servii del gioco. La stessa passione che aveva rovinato la mia famiglia prima che nascessi. Mi sembrava giusto, una forma di risarcimento. Coinvolgevo quei fessi dei miei compagni in riffe, scommesse, piccole lotterie. Mantenevo i movimenti sotto il livello di attenzione, pochi spiccioli, e li facevo vincere a turno perché l'interesse rimanesse vivo. Ma alla fine, a vincere sul serio, è sempre il banco. E il banco ero io.

Stavo attento che la cosa non arrivasse alle orecchie dei professori, dei familiari, degli educatori, e non portavo nessuno alla rovina, anche se sarebbe stato facile e pure divertente; il pericolo che mi si ritorcesse contro era troppo grande.

Il bilanciamento tra il rischio e il beneficio, un altro principio imparato allora, a scuola, al quale ispirare il resto della vita: un po' alla volta, senza fretta, ma sempre nella stessa direzione.

Al gioco, come affare, sono rimasto affezionato. Posseggo una dozzina di società che gestiscono quasi l'intera rete continentale delle macchine del videopoker. A volte passo davanti alle sale e guardo quelle schiene intente a rovinarsi, e provo un sottile, intenso piacere.

Non ci volle molto a diventare economicamente autonomo partendo dal nulla. Certo, il tetto e il piatto a tavola me li davano ancora i miei vecchi, ma avrei anche potuto farne a meno; gli lasciavo credere che mi fossero utili perché avevo compassione di loro. Non riconoscenza, no. Di cosa avrei dovuto essere riconoscente? Della scopata che mi aveva generato? Compassione, perché in fondo avevano investito quello che non avevano in un'idea retrograda di famiglia. Me ne fossi andato da ragazzo, probabilmente sarebbero finiti male. Invece poi gli è andata di lusso, uccisi dai reciproci tumori in età abbastanza avanzata nelle case di cura in cui li avevo collocati. Separati, per l'amor di Dio: almeno nella vecchiaia un po' di serenità gliela dovevo.

Anche la compassione, però, è un vizio che ha il suo prezzo; all'epoca dovetti pagarla con un falso rispetto per ciò che quei due credevano di insegnarmi. Mi costava poco: essere il migliore era facile e cosí loro potevano pavoneggiarsi un minimo. In realtà avevo già capito che mettersi in evidenza è sbagliato, finché questo significa prestare il fianco a chi può nuocerti.

A quel tempo non era necessario affastellare master e diplomi, la laurea non la prendevano pure i contadini, come adesso; mi bastò e mi avanzò diventare, e farmi chiamare, dottore, traguardo che raggiunsi senza alcuno sforzo. A me interessava il business, e ci misi poco ad accorgermi che non era tanto per il denaro e per il potere che ne deriva, quanto per la sfida. Come quei giochi, avete presente, quelli che fanno i ragazzi di oggi: finisci un livello e passi al successivo. E cosí via. Solo ero convinto che il mio gioco non avesse l'ultimo livello. Invece, come dimostra il fatto che siamo qui a parlare, l'ultimo livello c'è. Eccome, se c'è.

Allora, però, credevo di no, e avanzavo con determinazione. Andavo alla grande. Erano gli anni giusti, e questo non è merito mio, certo, ma eravamo comunque in tanti, e i soldi grossi li facevo io.

Se devo essere sincero, dal punto di vista del godersi la vita non rammento molto fino ai trent'anni. La risalita prevede un livello di concentrazione enorme, tendi a non distrarti: e avere un pensiero fisso, un'idea dominante, non aiuta a divertirsi.

Non sono avvenente, e nemmeno vorrei esserlo. Credo che la bellezza sia un grande limite: i belli suscitano diffidenza, attirano la competizione. Io non sono alto, ho cominciato presto a perdere i capelli, non ho mai sprecato tempo con la cultura fisica, lo sport e quel genere di fesserie.

Mi piacciono le cose belle, a chi non piacciono? Ma fra le mie priorità il lusso non c'è, a parte come strumento di potere. Se non vivi nel lusso, non dài l'impressione di meritarlo, e questo ti allontana dagli obiettivi. Però farne un target, un obiettivo, ti rende prevedibile, scontato. È la peggiore delle strategie.

Per questo da giovane, fino alla realizzazione delle prime imprese, ho sempre adottato un profilo basso, adeguandomi di volta in volta all'ambiente degli interlocutori che mi interessavano. I miei genitori si resero conto presto che in me c'erano una ferocia, una malizia a loro ignote, che in nessun modo sarebbero stati in grado di governare, e iniziarono a prendere le distanze. Li osservavo guardarmi da lontano, mio padre con imbarazzo, mia madre con inquietudine, consapevoli che non avrebbero potuto fermarmi.

Curioso, però: a ripensarci oggi, non erano preoccupati per me. Erano preoccupati, e a ragione, per gli altri.

Uno spartiacque? Uno o piú eventi che impressero alla mia vita l'andamento che poi mi avrebbe portato a dominare la scena della finanza di questo paese? Non ho dubbi: l'incontro con Sebastiano Carli di Bosconero.

Mi ero appena laureato, massimo dei voti e lode ovviamente. Economia, abbastanza naturalmente, sintesi perfetta tra quello che mi interessava e quello che era opportuno fare. Del resto non c'era molta scelta, e il mondo esterno privilegiava la praticità. Adesso le cose sono diverse, ci sono ingegneri che rispondono al telefono nei call center e laureati in Filosofia che gestiscono centinaia di persone a capo di vasti uffici. Una cosa che non è mai cambiata è che anche allora, come oggi, servivano le conoscenze.

Cosí dovetti fare una cosa che non mi era congeniale, che anzi mi faceva decisamente ribrezzo: dovetti rivolgermi a mio padre. Lui era felice di potermi finalmente essere utile, giacché mi ero pagato da solo l'intero percorso universitario, ma per me era l'ammissione di un legame di cui mi sarei volentieri liberato.

In virtú del nome, e delle frequentazioni che quell'imbecille di mio nonno gli aveva imposto, mio padre aveva molti «amici» importanti che non poteva permettersi di vedere con continuità. E la cosa gli dispiaceva, per il sincero affetto che, secondo la sua natura, nutriva nei confronti di gente che, pur avendo condiviso con lui l'adolescenza e gli anni dell'università, non gli era per nulla affine. Io proprio non lo capivo: i cosiddetti amici non perdevano occasione per sbattergli in faccia la differenza fra la sua condizione miserabile e il loro benessere consolidato, eppure lui non pareva nutrire alcun rancore.

Un nome che avevo spesso sentito fare a mio padre era quello di Sebastiano Carli di Bosconero. Compagni di banco al liceo e colleghi all'università, dove mio padre, sembra, lo aveva non poco aiutato a passare qualche esame. Ero incline a crederci, perché il mio vecchio non era facile alla bugia, ahilui, e pur non confidando nella riconoscenza di un pescecane, il mio ottimismo di ragazzo mi faceva sperare.

Carli era un personaggio molto noto. Non uno di quelli che andavano a fari spenti, che poi erano i miei preferiti, perché mi davano l'impressione di perseguire il vero potere, ma di quelli che stavano sui giornali. Aveva scelto la strada del mettersi in evidenza, che oggi avrebbe preluso a un'attività politica; all'epoca no, gli imprenditori facevano gli imprenditori e i politici i politici: come si nasceva cosí si moriva. Se ti serviva un politico, te lo compravi, non dovevi diventare deputato o senatore in prima persona. Comunque io ero ancora inesperto, e un po' mi lasciavo abbagliare, di conseguenza Carli, per me, era una specie di divinità.

Ricordo benissimo quando mio padre mi accompagnò da lui. Era teso, l'unica cosa che da molto tempo riusciva a fare per me voleva farla bene. Si mise il vestito migliore, l'anello del collegio. Lucidò le scarpe. Io lo osservavo pensando a quanto bruciante dovesse essere la consapevolezza del proprio fallimento, e quanto difficile dovesse essere conviverci senza dare a vedere la frustrazione.

Ci fecero aspettare per quasi un'ora, sebbene avessimo un appuntamento. La segretaria, una bionda decorativa e visibilmente stupida, ci degnò di un paio di sguardi curiosi e riprese a rispondere alle telefonate. Io non mi perdevo una parola, e ben presto cominciai a distinguere l'importanza degli interlocutori dal tono di voce di lei. Mio padre se ne stava seduto, le mani in grembo, gli occhi fissi nel vuoto e un mezzo sorriso sintetico sulla faccia. Era imbarazzato nei confronti di un vecchio amico che, con quell'attesa, gli ribadiva la sua inferiorità; e lo era nei miei confronti, per la palese dimostrazione di quanto poco contasse.

Alla fine entrammo. Carli era perfettamente curato in ogni molecola, capelli grigi pettinati all'indietro, un orologio che valeva quanto un appartamento, maniche della costosa camicia strette sopra il gomito con gli elastici, come si usava una volta. Il suo sguardo vacuo e disinteressato si posò, dopo essermi passato attraverso quasi trasparente, su mio padre. Scusami, Guerra, mi ero dimenticato. Ho un po' di fretta, dimmi che posso fare per te?

Nemmeno ci indicò le due sedie in pelle davanti all'enorme scrivania. Nemmeno appoggiò la penna sul piano. Nemmeno accennò ad alzarsi. Mio padre boccheggiò come se lo avessero schiaffeggiato. Non si vedevano da anni, e il poveretto pensava di essere, perlomeno, un bel ricordo di gioventú. Farfugliò qualcosa: questo è mio figlio, la scuola, la maturità, il brillante percorso universitario eccetera. Carli non appariva neppure infastidito, era chiaro che pensava ad altro. Io lo studiavo, e ricordo distintamente che cosa pensai: avrò la tua poltrona, proprio quella su cui appoggi il tuo culo flaccido e ricco. Avrò la tua poltrona.

Mio padre parlava in fretta, intuendo di avere il tempo contato. Riflettei che quei due non appartenevano a specie diverse, erano solo varietà differenti dello stesso animale, come un pastore tedesco e un cocker. Quanto a me, invece, ero altro.

Dopo forse tre minuti, non di piú, Carli parve ridestarsi e disse va bene, Guerra, ho capito, tuo figlio è bravo eccetera. Lascia alla segretaria il nome e l'indirizzo, se ho bisogno o sento qualcuno che ha bisogno eccetera. Adesso, però, perdonami, ho proprio da fare, è stato bello rivederti eccetera.

Mio padre stava per ribattere. Poi gli mancò il coraggio e sorrise mesto. Si girò per andarsene. E io parlai.

Oggi mi piacerebbe dire che lo feci per impressionare Carli, o per affermare me stesso. Mi piacerebbe dire che volevo lasciare il segno, cominciare a costruirmi un'immagine. Ma sono qui nella condizione in cui sono, e devo essere sincero.

Lo feci per mio padre.

Gli occhi in faccia a quello stronzo, la voce ferma e il tono volutamente basso. Non mi aveva degnato di uno sguardo, neanche fossi un ombrello o una borsa di pelle o un cappello, un accessorio di mio padre.

Dissi: A distanza di ventotto minuti, dottore, la sua segretaria ha ricevuto chiamate da parte di Russotto e Franchini. Le ha annotate insieme a tredici altre su un foglio che non deve avere particolare importanza, perché ci disegnava sopra scarabocchi. Come le è ben noto, Russotto e Franchini sono due funzionari del Comune, uno nella segreteria del sindaco e l'altra, la Franchini, nell'ufficio tecnico. La riunione per le modifiche al piano regolatore è stata anticipata a stamattina, lo riportava il giornale di ieri, mentre era prevista per la prossima settimana. Ora, due comunicazioni tanto ravvicinate di due personaggi cosí coinvolti nel progetto sono una curiosa coincidenza, proprio oggi. Qualora lei, dottore, fosse in contatto con loro per ottenere, che so, qualche informazione, le consiglio di richiamare con urgenza. Senza aspettare che la signorina là fuori si ricordi di riferire. Buon giorno e grazie del suo tempo.

Non dimenticherò facilmente la sua faccia. La pelle gli si chiazzò di rosso, gli occhi dietro le lenti diventarono sporgenti, la bocca gli si spalancò. Appresi in seguito che sia Russotto sia la Franchini erano da anni sul libro paga di Carli, e che attendevano indicazioni immediate per orientare la destinazione di alcune aree edificabili alla periferia del territorio comunale. Avevo appena salvato un affare da diversi miliardi di lire, che altrimenti, per la negligenza della bionda decorativa, sarebbe irrimediabilmente sfumato.

Schizzò in piedi e si catapultò di là, scansandoci con insolita malagrazia per il dannato damerino che era. Lo sentimmo inveire stridulo contro la segretaria, che infatti da quel momento mi odiò in maniera silente ma visibile; un atteggiamento al quale, peraltro, ero e sono piú che abituato. Io lanciai un'occhiata a mio padre, che teneva gli occhi sul pavimento ed evitava qualsiasi reazione, come non fosse presente.

Carli tornò e si lasciò cadere sulla poltrona, abbrancando il telefono. Mio padre fece per trascinarmi via, con la sua famosa discrezione applicata a vanvera, ma io mi guardai bene dal muovermi. A quel punto ascoltare la telefonata aveva una duplice fondamentale funzione: dimostrare che ero perfettamente consapevole di quello che stava accadendo, e acquisire elementi che mi sarebbero serviti in seguito. Da quel momento in poi sia Carli sia io eravamo a conoscenza del fatto che avrei potuto ricattarlo.

Cercò pateticamente di essere vago, ma dovette per forza dare indicazioni operative all'interlocutore. Fu costretto a rinunciare a una parte dei lotti; decise quali tenendo gli occhi fissi nei miei come mi vedesse la prima volta. Tutto quello che avevamo da dirci ce lo dicemmo allora, senza rivolgerci la parola.

Alla fine, messa giú la cornetta, restò in silenzio, e cosí feci io. Poi si rivolse a mio padre senza guardarlo, e gli disse: grazie, Guerra. Puoi andare. Il ragazzo rimane qui.

Rimasi, in effetti, per tre anni. E ogni singolo giorno di quei tre anni valse come sei mesi di esperienza fatta da chiunque altro in qualsiasi altro posto. Diventai presto indispensabile, cominciai a pianificare strategie e a proporle a Carli. Non interagivo con nessuno dei numerosi impiegati della società, e per due motivi: non mi serviva la loro benevolenza, giacché non potevano mettermi i bastoni fra le ruote, e volevo che fin da subito fosse chiara la differenza di valore tra me e loro. In piú non c'era nulla che potessero insegnarmi, e avevano obiettivi diversi dai miei: loro volevano sopravvivere il meglio possibile, io volevo quella poltrona.

Perché l'unica, autentica differenza, sapete, sta nell'obiettivo. Il resto, l'intelligenza, la determinazione, la ferocia, l'assenza di scrupoli, perfino la fortuna o la sfortuna sono strumenti, imprevisti, opportunità e ostacoli, ma quello che conta sul serio è l'obiettivo. Individuare ciò che si vuole e metterlo a fuoco al centro del mirino, non distogliere mai lo sguardo, non spostare l'attenzione.

Se avessimo improntato questa nostra conversazione in domande e risposte, ora potreste chiedermi cosa c'entri questo piccolo, semplice principio con le circostanze attuali. Sarebbe una domanda legittima, immagino. Purtroppo per voi, però, niente domande. La mia è una dichiarazione spontanea. Potrete vantarvi dopo quanto vorrete, con chi vorrete, all'interno della vostra inutile vita da topi di essere riusciti a sapere tutto da me, e non sarò certo io a smentirvi, non mi interessa; ma adesso dovete tacere e ascoltare. Capendo il venti per cento di ciò che vi dico, probabilmente, ma in silenzio.

L'obiettivo, dicevo. Prendere quella poltrona, nel senso fisico. E cominciare in fretta la mia scalata; mi sentivo già in ritardo a causa della situazione economica della mia famiglia che avevo dovuto compensare.

Vi insegno gratis qualcosa. Approfittatene, poiché la mia vita, fino a questo momento, è la dimostrazione che si può fare un percorso netto ai massimi livelli e inciampare proprio sul traguardo.

Una volta deciso chi volete essere, studiate. Lavorate con dedizione, spalla a spalla, con la persona che occupa il posto cui aspirate. Siate scrupolosi e perfino leali, se necessario, ma cercate fin dal principio di scoprire il suo difetto.

Tutti ne hanno uno. Se volete potete chiamarla fragilità, crepa, fessura, lesione: a voi la scelta. E spesso sembra addirittura un pregio, una sensibilità, una tenerezza, una dolcezza. Sembra, perché invece è solo debolezza. E i deboli soccombono ai forti, è una legge dell'evoluzione.

Carli fu un ottimo mentore, gliene devo dare atto. Aveva la capacità di intuire il valore delle risorse e lo sfruttava al meglio, senza farsi limitare dai pregiudizi o da quell'ottuso, fastidioso obbligo di rispettare la forma e le gerarchie. Diventai quasi subito il suo uomo di fiducia, il suo delfino. Non aveva figli e la moglie era una nobildonna svampita, piena di soldi, perennemente impegnata in opere filantropiche; avevano ciascuno la propria vita. Lavorava sempre, e io ne ero felice perché questo mi consentiva di abbreviare i tempi.

Aveva un numero di contatti sterminato. Le sue imprese, per lo piú grandi opere ed edilizia abitativa, riscuotevano la fiducia di chiunque a quell'epoca contasse qualcosa.

Ci recavamo in Vaticano in orari assurdi, passando per ingressi che si schiudevano solo per noi; andavamo in sordidi bar di periferia dove ci raggiungevano politici con la scorta, in ambasciate straniere dove incontravamo uomini senza qualifica che prendevano nota di quanto dicevamo senza rispondere, o ci consegnavano biglietti che dovevamo leggere e distruggere davanti a loro. Gli affari erano in continua crescita, e i ricavi li reimpiegavamo in imprese ogni volta piú fruttuose. Certo c'era anche una forte «dispersione» di liquidi, ma era necessario che tutti quelli che, per cosí dire, facevano parte della filiera fossero soddisfatti, altrimenti, prima o poi, qualcuno si sarebbe infilato nel meccanismo, e non potevamo permettercelo.

Carli aveva sfruttato alla perfezione il proprio nome e il suo inserimento in certi ambienti; e aveva incrementato i vantaggi utilizzando pure quella raffinata idiota della moglie.

Di me, comunque, non poteva piú fare a meno. Mi cercava in continuazione, mi parlava di tutto. Compreso che non ero un ragazzo qualsiasi, ma uno con capacità fuori del comune, mi elesse al ruolo di apprendista stregone e cominciò ad aprirmi le sue porte segrete.

Fu allora che mi resi conto di dove stesse la crepa. Di quale fosse la debolezza di Sebastiano Carli di Bosconero.

No, non era nella sua modalità di portare avanti gli affari; la corruzione era un costume piú che consolidato, un sistema basato sulla reciproca convenienza di parecchie persone. Funzionari di banca, dello Stato, alti prelati, ministri e sottosegretari. Potrei stilarvi liste lunghissime, tanto ormai è tutto prescritto, ma non mi va. Distoglierei la vostra attenzione dalla materia principale, che naturalmente sono io.

Quel che importa, adesso, è che scoprii la debolezza di Sebastiano.

A raccontarlo sembrerebbe che sia avvenuto per caso, ma io credo al caso ancora meno che al destino. Quello che chiamiamo caso è solo l'attenzione che prestiamo a ciò che succede, e come riusciamo a regolarci di conseguenza. Tutto qui.

Accadde una sera, o meglio una notte, perché era proprio tardi; come al solito ero uscito dall'ufficio per ultimo. Sebastiano era a una delle frequenti cene di beneficenza alle quali, sagacemente, non mancava mai di partecipare; un'altra fondamentale regola di comportamento del pescecane perfetto: nessuno deve mai poter insinuare che non sei solidale, che non ti preoccupi dei poveri, dei senzatetto... insomma della parte sfigata dell'universo. Io, per indole, non ero incline a certe cose, ma col tempo ho imparato. Secondo me è semplicemente naturale che ci siano i capaci e gli incapaci. Non ho mai conosciuto qualcuno davvero in gamba che faccia una vita di merda: magari parti molto svantaggiato e non riesci ad arrivare dove meriteresti, ma uno valido, in possesso di testa e coraggio, non finisce male.

Mi ero fermato al lavoro ancor piú del consueto. C'era da preparare l'offerta per una gara che, in concreto, c'eravamo già aggiudicati; ma le apparenze vanno salvaguardate, e il compito di farlo spettava a me. Ne ero contento perché era utile alla mia formazione; inoltre mi permetteva di stringere contatti per quando avrei camminato da solo.

Uscendo dal palazzo in cui si trovava la nostra sede, per poco non inciampai in una donna seduta sui gradini che portavano in strada.

Era inverno, faceva freddo e piovigginava. Non certo il clima ideale per prendere aria di notte in un quartiere deserto. Feci per scavalcarla, e lei mormorò: devo parlare con il dottore.

Carli era una figura importante e, ripeto, non aveva l'abitudine di stare dietro le quinte. I tempi erano diversi, d'accordo: non c'era Internet con il suo martellamento continuo, i canali televisivi erano due o tre e i giornali per la maggior parte controllabili, ma se uno diventava famoso perché era ricco la pressione c'era eccome. Ogni giorno una piccola folla veniva da Carli a chiedere soldi, impieghi, perfino mazzette (cani sciolti, perché con i pezzi grossi l'accordo lo trovavamo in anticipo), raccomandazioni, aiuti di ogni genere. Tutti eravamo incaricati di fargli scudo, anche se la maggioranza dei questuanti non superava lo sbarramento del custode e delle due guardie giurate.

Avrei potuto rispondere con una delle scuse che usavo d'abitudine; tra l'altro a quell'ora non c'era nemmeno bisogno di inventarsi granché. Avrei potuto chiedere il nome e fingere di appuntarmelo. Avrei potuto semplicemente immergermi nella notte e nella pioggia, fregandomene di una donnetta che tremava di freddo.

Invece mi fermai e la studiai alla luce del lampione. Una vecchia, cosí mi parve allora; in realtà era stata la miseria a sgualcirla, perché di anni ne aveva appena quaranta, cioè parecchi meno di quelli che ho io adesso: tutto è relativo. Era lí per riscuotere un credito.

E in un certo senso, a posteriori, si potrebbe affermare che riuscí nel suo intento. Grazie a me.

Ero stanco, avevo fame, ma scorsi negli occhi di Maria, cosí si chiamava, una luce strana. Il suo sguardo conteneva qualcosa di particolare: la determinazione. È una caratteristica che amo molto, una specie di scintilla. Mai sottovalutarla. Quando la si riconosce conviene approfondire, verificare se è supportata dall'intelligenza, dalle capacità; in tal caso può tornare utile. Allo stesso modo, se la si percepisce in un avversario, è meglio mettersi in guardia per evitarne gli effetti.

Con improvvisa cortesia le dissi chi ero, che lavoravo col dottore e che se aveva un messaggio per lui glielo avrei riferito. Si alzò, un po' a fatica, e replicò che no, grazie, sarebbe ripassata. La luce del lampione riverberò su qualcosa di metallico che sporgeva dalla tasca in cui teneva la mano. La determinazione. Il metallo. Il freddo, la notte. Il pesante accento popolano, una povera ignorante; tra lei e Sebastiano c'erano cosí tanti livelli sociali che non era ipotizzabile avessero mai avuto alcun contatto diretto. Eppure.

La stanchezza mi scivolò di dosso lasciando il posto alla curiosità. Dovevo stare attento, ero certo che non avrebbe risposto a domande dirette. La presi sottobraccio e la portai al bar all'angolo, ancora aperto. Intuii che per vincere la sua reticenza avrei dovuto creare un territorio comune, cosí parlai malissimo del principale che mi costringeva a orari impossibili. Le feci intendere che l'odiavo.

Fu la mossa giusta. Prima mi ascoltò, in silenzio. Poi bevve il suo tè caldo. Infine parlò.

Maria aveva un marito invalido e quattro figli, la piú piccola di undici anni. Abitava in una baracca che si trovava su un terreno dove avremmo dovuto costruire un complesso residenziale. Un compratore dei nostri, un mellifluo coglione che tuttavia resisteva a ogni licenziamento, e ora capivo il perché, le aveva detto che doveva sgombrare. Lei aveva risposto che non sapeva dove andare, allora lui aveva guardato la bambina e le aveva sorriso.

Mentre lei proseguiva il racconto in un idioma quasi incomprensibile e io fingevo di condividere il suo odio, capii con esattezza di trovarmi di fronte alla crepa di Sebastiano Carli di Bosconero. A ciò che si nascondeva dietro la parete imbiancata e coperta da un costoso e spettacolare arazzo. Al perché della sopravvivenza di alcuni elementi di prima linea chiaramente incapaci. Al motivo per il quale, talvolta, percepivo una sfumatura di ribrezzo in alcuni tra gli interlocutori di piú vecchia data.

Mi chiesi anche, mentre ascoltavo, come avessi fatto a non accorgermene prima, in che cosa il mio modo di osservare fosse stato fallace. Ero irritato con me stesso: come avevo potuto essere tanto miope?

La donna non era lí perché aveva avuto un ripensamento e si sentiva in colpa per la figlia. Era lí per reclamare quanto le era stato promesso, la somma in denaro pattuita, che le era stata recapitata solo in parte. Compresi all'istante che una quota era stata trattenuta dall'infido intermediario, il quale forse aveva avuto bisogno di quattrini. Ricordai alcuni movimenti di denaro contante che c'erano stati proprio in relazione agli espropri per quel complesso, e senza troppe difficoltà ricostruii a memoria il quadro.

Intanto, mentre estraevo a spizzichi e bocconi da Maria quella brutta storia, riandai con la mente ad altri episodi degli ultimi due anni e mezzo. Assenze, viaggi improvvisi, appuntamenti fuori agenda: eventi che avevo imputato a contatti ultrariservati che Carli voleva tenere solo per sé. Non abbastanza frequenti da suscitare sospetti, anzi cosí ben distribuiti nel tempo da passare inosservati anche alla mia sorveglianza, che mi illudevo essere accuratissima.

Dovevo coprire le spalle al capo, in quella fase. Convinsi la disgraziata che si era trattato di un errore, le assicurai che avrei saldato il debito io stesso. Attinsi ai miei fondi personali, e fu un investimento che si sarebbe rivelato ottimo come sempre.

Be', quasi sempre.

Quella donna aveva un coltello con sé. Non credo volesse ammazzare Carli, ma nel suo ambiente un impegno non rispettato non poteva restare senza punizione. Mi pareva incredibile che un imprenditore di quel successo, di quella rilevanza, mettesse tutto in discussione per una cosa simile. E ancor piú che, per l'incapacità di resistere alle proprie pulsioni, si mettesse nelle mani di persone inaffidabili che avrebbero potuto rovinarlo in pochi secondi. Era un errore mostruoso, intollerabile.

Non esprimevo, allora come adesso, alcun giudizio morale sulla faccenda in sé. Il confine tra lo sfruttato e lo sfruttatore, in una transazione commerciale, è molto meno preciso di quanto siamo portati a credere.

Andai a rovistare tra le carte. Non fu difficile recuperare i contratti chiusi dal compratore in questione e individuare quelli commercialmente assurdi, decisamente non convenienti: tuguri pagati come appartamenti veri e propri all'interno di proprietà per il resto rilevate con quattro soldi. E ogni volta il nucleo familiare aveva tra i componenti una bambina tra gli otto e gli undici anni.

Al contrario di ciò che avrebbero fatto in molti, non dissi nulla a Sebastiano. Non avrebbe avuto senso, e sarebbe stato controproducente. A fronte di un immediato piccolo vantaggio – la gratitudine e il sollievo perché avevo rimosso un potenziale grosso problema – ci sarebbe stata da parte sua la consapevolezza che ero a conoscenza di un segreto in grado di rovinarlo. Il che, inevitabilmente, mi avrebbe reso un potenziale nemico, il peggiore di tutti: non avrebbe avuto dubbi che, a differenza di altri, possedevo l'intelligenza e il coraggio per nuocergli.

Da quel giorno, però, considerai il mio mentore in maniera diversa. Una debolezza, vedete, è una porta d'ingresso. Il cavallo di Troia della mente, un virus distruttivo. Questione di tempo, e ti frega.

Voi lo capite che in realtà, dietro queste apparenti farneticazioni, io sto dicendo ciò che volete sapere? No, magari no. Con la vecchiaia tendo a sopravvalutare gli interlocutori, scusatemi. Allora continuo, vediamo se alla fine scorgerò un barlume di comprensione nei vostri occhi.

Diventai, se possibile, ancora piú solerte. Spesso non tornavo nemmeno a casa, usando come letto il divano della sala d'aspetto e tenendo nella mia minuscola stanza uno o due cambi. Tutti, incluso Carli, credevano semplicemente che fossi l'ultimo ad andare via e il primo ad arrivare.

Come immagino sappiate, dato che la cosa è ormai corroborata dalla leggenda, io ho molta memoria. Una memoria che definireste spaventosa, e che fu molto utile per immagazzinare informazioni. Mi impegnavo al limite della resistenza fisica, partecipando con ancora maggior forza all'espansione dell'azienda. Evitai piú volte l'ipotesi della diversificazione dei comparti d'interesse; Sebastiano aveva cominciato a prenderla in considerazione per via dell'entità che andavamo raggiungendo – era giustamente preoccupato dall'eccessiva esposizione – ma questo non si conciliava coi miei programmi di medio periodo.

Sono diventato quello che sono adesso proprio in quei mesi, sapete? Mentre, nonostante la giovane età e la sostanziale inesperienza, architettavo nei minimi dettagli e con assoluta precisione il mio personale piano di crescita. Certo, non potevo prevedere allora le opportunità che sarebbero arrivate dalle telecomunicazioni e dalla finanza, ma ero sicuro, e lo sono ancora, che l'edilizia di Stato fosse una base imprescindibile da cui partire.

Ho detto: sono diventato quello che sono adesso. Vi chiedo perdono, è un'imprecisione. Non ve ne siete nemmeno accorti, pare, però è la prima involontaria bugia che vi ho raccontato. Non «quello che sono adesso», no. Ma quello che ero fino a questa cosa. Ho promesso di essere sincero, e lo sarò.

Sono sempre stato al fianco di Sebastiano Carli di Bosconero. Non ho mai compiuto un solo gesto per sabotare l'azienda, al cui successo credo invece di aver contribuito in maniera decisiva. Non so cosa avesse in mente di fare, per il futuro; come ho detto non aveva figli. Ma quelli come noi non hanno bisogno di figli per pensare al futuro. Il futuro è l'azienda.

Il tempo stringeva, lo sapevo benissimo. Mi serviva un capitale adeguato, che non avevo modo di mettere insieme abbastanza in fretta. Tutto poteva andare perduto.

Le donne, all'epoca, erano davvero l'ultimo dei miei interessi. Non avevo problemi a procurarmene, se ne sentivo la necessità fisica, ma non potevo permettermi relazioni. Ero a conoscenza del fatto che mi si prendeva in giro, stando vigliaccamente attenti a che non me ne accorgessi: si insinuava addirittura che fossi segretamente innamorato proprio di Carli, di cui ero l'ombra. Adesso però le cose stavano precipitando, e dovevo organizzarmi.

L'incontro con Anna Carla era avvenuto un anno prima, quando tutto sembrava ancora lontano. Avevo ceduto all'insistenza di Sebastiano e lo avevo accompagnato a un ricevimento, come si chiamavano allora, su una terrazza sospesa tra le stelle e la città; uno di quegli eventi per attori, registi e pescecani organizzati per procurarsi una o piú puttane e qualche pillola per arrivare al giorno dopo. Odiavo queste occasioni, e ho continuato a odiarle per tutta la vita, ma qualche volta, come ho già spiegato, occorre andarci.

Ci ritrovammo in disparte, io nemmeno sapevo chi fosse. Bella, alta, e annoiata. Mi disse solo il nome; io le dissi il mio e lei sorrise: quattro nomi in due, non badiamo a spese. Avevamo chiacchierato; era acuta in maniera quasi inquietante, molto colta, giovanissima eppure ironica come una navigata frequentatrice dell'ambiente. L'avevo trovata spiritosa, una delle rarissime conversazioni all'altezza che avevo avuto la fortuna di intavolare da parecchio tempo. Ero certo fosse una squillo, una delle tante belle ragazze che per pagarsi gli studi o il sogno di entrare nel cinema o nella televisione usavano il corpo. Tutto lecito, per carità, io facevo lo stesso con la testa.

Mi era parso giusto, a fine serata, dirle che non ero interessato a nessuna prestazione, che mi trovavo lí solo per questioni di lavoro. Mi fissò sconcertata, poi scoppiò a ridere e si presentò per intero: era la figlia di Remo Santucci.

Non mi è capitato spesso nella vita, ma devo ammettere che quella volta restai senza fiato, sentendomi uno stupido. La figlia del re dei cessi! Era cosí che chiamavamo in gergo il proprietario della Santucci s.p.a., la piú grande azienda di produzione e commercio di sanitari, il fornitore principale di ogni costruttore per la parte riguardante i bagni, l'uomo che sulle latrine pubbliche, private e mobili aveva costruito un impero. A mia parziale discolpa c'era il fatto che Remo, che avevo incontrato molte volte, era un cafone grossolano e volgarissimo, mentre la ragazza di fronte a me era elegante e raffinata.

Sono passati piú di quarant'anni, da allora. Ma devo dire che, quando cominciai a riflettere su dove procurarmi le risorse sufficienti per fare quello che dovevo fare, il mio primo fulmineo pensiero andò allo sguardo beffardo e divertito di Anna Carla su quella terrazza romana in una sera di settembre.

Ci volle un mesetto. Poi una giornalista del principale quotidiano cittadino fu contattata da una donna del campo sgomberato per la costruzione del complesso residenziale, che le raccontò una brutta storia riguardante la sua bambina. Le diede anche altri quattro riferimenti, che confermarono identiche brutte storie. Della testata era proprietaria in buona parte una società riconducibile a un prestanome di Carli, quindi, alla fine, la storia con le brutte storie non fu pubblicata, ma Sebastiano fu costretto a ballare sul filo per una decina di penosi giorni e penose notti che, su un uomo di quell'età abituato a ritenersi immortale, ebbero un effetto letale.

Una sera compresi che, per una volta, era il caso di tornare a casa presto. I miei si guardarono sconcertati quando mi sedetti a tavola con loro, sereno e di buon umore. L'indomani lasciai che fosse la segretaria, la stessa bionda svampita grazie alla quale tutto era iniziato, a trovare il cadavere di Sebastiano, con tanto di pistola in mano e biglietto d'addio alla povera moglie idiota.

Al funerale ero in prima fila, pallido e compunto come doveva essere un giovane delfino devastato dal dolore. Fui io a tenere il braccio della vedova, che si sentí mancare almeno tre volte nel corso della sfarzosa, imbarazzata cerimonia, durante la quale la salma del suicida fu benedetta a dispetto delle regole; gli ottimi, annosi rapporti intrattenuti col Vaticano da Carli erano serviti a qualcosa. Certo, non fu un cardinale a celebrare: ma non si può avere tutto, no? Colsi un paio di sguardi perplessi di mio padre, come se un pensiero oscuro gli attraversasse la mente. Ma non mi disse mai nulla.

Piuttosto che smembrare l'azienda, guadagnando forse di piú ma venendo meno alla specifica volontà di Sebastiano, la vedova decise di vendere in blocco. L'offerta che parve la migliore, anche perché scritta da me, che conoscevo ogni dettaglio dell'affare vedendolo da entrambe le parti, indovinate di chi fu? Di uno dei principali creditori, la Santucci s.p.a.

L'annuncio del mio fidanzamento con Anna Carla fu immediatamente successivo alla formalizzazione dell'acquisto del pacchetto di maggioranza. Avevo avuto quella poltrona, anche se un po' macchiata di sangue.

E da allora cominciò il bello.

3.
Anna Carla

Non avrei dovuto dirgli che sarei rimasta qui. Avrei dovuto cogliere la sua richiesta d'aiuto e tornare a Roma subito, senza esitazioni. Se l'avessi fatto, non saremmo arrivati a tanto.

Penso e ripenso a quella telefonata. Scompongo il dialogo, lo ricompongo, immagino come sarebbero andate le cose se avessi risposto in modo diverso. Ma la realtà resta uguale, e adesso sembra non esserci piú molto da fare. Nonostante l'assurdità della cosa. Nonostante io sia certa che nulla è andato davvero cosí.

Niní s'immerge nell'acqua, gli avambracci appoggiati sulle estremità di un cilindro galleggiante che ha piegato a mo' di salvagente.

– Siamo rimaste solo noi tre, a frequentare le terme, – osserva.

Cosima e io ci guardiamo intorno. C'è una coppia che avanza attraverso il corridoio a vetri, diretta verso la piscina fumante. Un gruppo di donne, di età non inferiore agli ottant'anni, occupa la zona davanti alla scaletta.

– A giudicare dall'affluenza in piscina non si direbbe, – rispondo.

Abbassa il tono per non farsi sentire dalle tre signore che sguazzano a pochi metri da noi, appese ai cilindri colorati: – Mi riferisco a quelle della nostra età, e del nostro giro. Quanti anni sono ormai che veniamo qui? Quindici? Avessimo mai incontrato una sola delle nostre conoscenti.

È vero. Le uniche nostalgiche degli stabilimenti termali siamo noi tre. Niní e Cosima per tradizione familiare, io per affetto nei confronti di questo ambiente ormai démodé, che un tempo esercitava su di me un fascino speciale. Quasi per una ricerca continua di *altri tempi* che non ho potuto vivere. Lo charme irresistibile di abitudini che fino a un certo momento della mia vita non mi sono appartenute.

Cosí, snobbando di proposito le spa alla moda e le beauty farm in cui frotte di nostre conoscenze – di ambo i sessi – vanno a rinchiudersi di tanto in tanto, noi signore d'altri tempi restiamo frequentatrici inossidabili dei luoghi di sempre.

Siamo a Viterbo da ieri mattina, come ogni anno in questa stagione. Una vacanza a base di piscine sulfuree, grotte e trattamenti, nell'antico stabilimento termale cui è annesso l'elegante albergo dall'atmosfera rétro in cui ci troviamo.

Marco Valerio non mi telefona quasi mai. In genere se la cava con un paio di messaggi, piú o meno sbrigativi, la maggior parte dei quali contiene informazioni o domande relative a questioni aziendali. Quando ieri sera il mio cellulare ha squillato, esibendo il numero di casa, io e le mie amiche c'eravamo appena sedute nel salottino dell'hotel, reduci da una cena in pieno centro storico. Ho risposto contrariata, convinta che fossero Consolación e Fernando, la coppia di filippini che da anni si occupa della nostra immensa abitazione, e con cui vivo in quasi totale simbiosi. Per chiamare a quell'ora di sera chissà cosa dovevano aver combinato: come minimo un guaio domestico tale da richiedere il mio rientro immediato.

E invece.
– Anna Carla.
Tra la linea scarsa e la sorpresa, ci ho messo qualche secondo a realizzare che era lui.
Mio marito non è tipo da telefonarmi solo per controllare se va tutto bene o se il viaggio in auto – ancorché breve – è andato liscio. Mi sono alzata dal divano e ho raggiunto l'esterno.
– Marco.
– Ti disturbo? – ha esordito. Un tono di voce cupo, che non deponeva bene.
– No, per niente. Ho finito di cenare da poco, – ho risposto, perplessa. Marco Valerio che chiede se disturba...
– Sono rientrato a casa. Avevo dimenticato che non ti avrei trovata.
Il sorriso m'è venuto spontaneo: non verifica la mia presenza quando rincasa da tempo immemore.
– Sono alle terme, lo sai. A Viterbo. Avevi bisogno di qualcosa?
Attimo di silenzio in cui l'ho sentito muoversi lungo il corridoio, salire le scale. Con uno strano affanno.
– Ti sembrerà strano, ma stasera ho bisogno di te.
I peggiori scenari hanno iniziato a invadere i miei pensieri, dalla scoperta di una malattia a un crollo finanziario improvviso.
– Marco, stai bene?
Il silenzio successivo mi ha turbato ancora di piú. Perché quello che mi pareva di percepire somigliava a un pianto sommesso. Un'allucinazione uditiva, dato il soggetto. Marco Valerio Guerra non ha mai pianto in vita sua, al massimo ha fatto piangere gli altri.
Eppure.
– Credo di non farcela da solo. Ti prego, torna a Roma.

– Di non farcela a fare cosa? Marco, comincio a preoccuparmi, vuoi essere piú chiaro? Ti senti male?

Il singhiozzo ora si udiva distintamente.

– Io so che puoi capirmi, Anna Carla. So che puoi perdonarmi e aiutarmi a superare tutto questo.

– Marco, se non parli chiaro riattacco.

Dopo aver tergiversato un attimo ha preso fiato, per poi vuotare il sacco: – Lei... mi ha lasciato.

Ho ascoltato incredula il fiume di parole che è seguito a quella prima comunicazione.

– Lei chi?

– Non fingere di non saperlo, – ha risposto, con un tono irritato che ha finito per irritare anche me piú di quanto non avessero già fatto i suoi piagnistei. Non specificare inutilmente nomi per telefono, del resto, è nel suo stile. Com'è nel suo stile ritenere impossibile che io ignorassi chi è questa donna, nonché l'ascendente che ha avuto su di lui per mesi.

– Perfetto, – quasi l'ho aggredito, – quand'è cosí, allora, se permetti, non fingerò per niente. Mi dispiace tanto per te e per la tua infatuazione senile, Marco, ma non puoi pretendere che io torni a Roma per fornirti una spalla su cui piangere.

Non ha risposto subito.

– Hai ragione, non posso pretenderlo. Ti sto solo pregando di farlo. Quale che sia il motivo del mio malessere, e te ne chiedo scusa, adesso ho bisogno della tua presenza.

Un disco rotto.

– Forse non ti stai rendendo conto che chiedi aiuto a tua moglie per risollevarti dall'abbandono della tua amante. Credo sia un po' troppo anche per una come me che ha accettato sempre tutto. Dici di aver bisogno di me? Bene, io ti credo. Se vuoi sono qui, puoi raggiungermi in qualsiasi momento.

Un discorso logico e abbastanza risoluto da non indurlo a insistere oltre. Se quello di cui aveva bisogno era stare con me, gli sarebbe bastato alzare il fondoschiena dalla sua preziosa Le Corbusier nera, chiamare il suo autista e farsi accompagnare qui.

Ovviamente non l'ha fatto.

Giada Colonna è stata uccisa.

Non c'è un solo giornale che oggi non riporti la notizia. Declinata nelle interpretazioni piú varie, condita da elementi che vanno dal gusto del macabro alla piú vergognosa esibizione di voyeurismo. Una giovane donna che si occupava di arte, con un identikit che cambia di articolo in articolo. Un nome fino a ieri sconosciuto e ora improvvisamente noto a tutti.

La prima a leggere la notizia è Niní. Abbassa «Il Messaggero», che sta leggendo mentre sgranocchia le ultime quattro mandorle previste per colazione dalla sua dieta.

– Anna Carla! – mi chiama, a voce un po' troppo alta.

Cosima la frena facendole segno con la mano di abbassare il volume, decisamente al di sopra degli standard di questa sala colazioni.

Alzo lo sguardo dalla tazza di porcellana bianca che contemplo da cinque minuti in attesa che il mio tè verde diventi bevibile senza rischi di ustioni. Una delle tre vecchiette sedute al tavolo accanto ci sta fissando stranita.

– Che c'è, Niní?

Non mi risponde. Gli occhi sbarrati, la mano sulla fronte, è immersa nella lettura dell'articolo che deve averla colpita cosí tanto.

– Mbe'? – la incalzo, incuriosita.

Abbassa gli occhiali, d'un tratto incerta.

– Ma niente. Un fatto di cronaca –. Sembra quasi pentita di avermi chiamato con quella veemenza. Cosima allunga il collo, poi le toglie il giornale dalle mani.

– Hai gridato, – insisto io.

Cosima interviene nella discussione.

– Ieri notte a Roma hanno ucciso una ragazza, – comunica, neutra come solo lei riesce a essere, senza scollare gli occhi dalla pagina.

– Lo sai, – si giustifica Niní, – quando può esserci di mezzo un femminicidio m'infervoro subito. Ma qui in realtà chissà cosa è successo…

Allungo anch'io il collo per sbirciare. Conosco bene Niní Vallardi; il suo grande impegno contro la violenza sulle donne si risolve in un paio di pomeriggi con qualche amica, selezionata tra quelle piú attive sui temi sociali, tante belle parole e nulla di concreto. La sua reazione e l'interesse morboso con cui Cosima sta scorrendo le colonne della cronaca nera suggeriscono che la notizia non riguarda di certo una povera disgraziata ammazzata a Tor Bella Monaca.

– Fai vedere. Dalle facce che avete si direbbe che la conoscevate, questa ragazza.

Cosima gira il giornale verso di me.

– Il nome, mi pareva di conoscerlo. Ma di sicuro mi sono sbagliata.

L'articolo spicca al centro della pagina di cronaca nera. «Omicidio nel mondo dell'arte. Giovane donna trovata uccisa nel suo appartamento. Si tratta di Giada Colonna…»

Alzo gli occhi sulle mie amiche che mi fissano incerte, Niní bloccata nel gesto di mordere una mandorla, Cosima rigirandosi la cintura dell'accappatoio tra le mani. Ora riesco a decifrare il loro comportamento. Niní ha avuto l'istinto di chiamarmi, ma dev'essersi ricordata che di quella persona io non le ho mai parlato, e ha tentato di rimediare alla gaffe. Cosima ha cercato di correrle in aiuto. Chissà, magari le ha colte il dubbio che addirittura non conoscessi quel nome né il legame che ha col mio. Un dubbio lecito, anche se poco plausibile.

Finisco di leggere l'articolo, firmato da un tale Tagliaboschi, che volteggia dal femminicidio alla droga alle ipotesi piú intricate.

– Che brutta storia, – commento. Non sono ipocrita, lo penso davvero.

– Si parla anche di droga. Chissà che gente frequentava, questa ragazza, – dice Cosima.

Oltre a mio marito, mi sarebbe venuto di aggiungere. Ma evito. Le amanti di Marco Valerio hanno smesso da tempo di essere argomento delle nostre conversazioni.

Chiudo il giornale e lo deposito sulla sedia vuota accanto a me.

Le tre vecchiette si sono alzate e stanno abbandonando il tavolo dopo aver consumato una colazione pantagruelica. Cornetti alla crema, fette di torta, cappuccini e non so che altro. Chiacchierano e ridono, chiuse negli stessi accappatoi bianchi che indossiamo noi tre, e che a loro arrivano quasi fino ai piedi.

– Tutto bene? – s'informa, gentile, quella che poco prima era sobbalzata.

Niní le risponde di sí, guardandola come se parlasse arabo. Probabilmente non s'era neppure accorta di aver attirato la sua attenzione.

Mi alzo anch'io, con la scusa di recuperare la fetta di pane integrale che ho messo a scaldare cinque minuti fa. Devo sfuggire in qualche modo all'imbarazzo di quelle due.

Cincischio con le marmellate del buffet, ripassando a

mente quanto ho appena letto e cercando di analizzarne il significato. Che va ben oltre la notizia in sé, e che è la vera causa della reazione delle mie amiche.

Quando torno indietro, Niní e Cosima smettono subito di parlottare tra loro.

– Certo che se hai la fortuna di arrivare arzilla a quell'età, il diritto sacrosanto di mangiare tutto ciò che vuoi lo acquisisci d'ufficio, – cerca di divagare Niní, accennando al tavolo accanto al nostro, ingombro dei resti di ogni sorta di dolciume. Siamo su una balconata che affaccia su un salotto chiuso da vetrate a giorno e arredato in stile inglese. Anticotto ma fascinoso, come ogni cosa in quest'hotel di cui siamo ormai clienti abituali.

Annuisco distrattamente mentre spalmo il miele sul pane. Un senso d'irrequietezza comincia ad assalirmi.

Sento le voci sempre piú ovattate, non afferro i discorsi. Assorta, rifletto su quello che sta succedendo, su quanto potrebbe essere lesivo per la mia famiglia, e inizio a intravedere la realtà dei fatti. Ne traggo la conclusione che esiste un limite oltre il quale non c'è ipocrisia che tenga.

Fisso le mie amiche, che si affannano a tenere in piedi il teatrino delle chiacchiere inutili.

– Va bene, basta. Vi autorizzo a dire quello che pensate.

Si zittiscono di colpo. Si scambiano uno sguardo che parla da solo.

– Anna Carla, non volevo essere indiscreta. Sono mortificata, – si scusa Niní. È la verità, e si vede. Come si vede il dispiacere di Cosima, che non sa che pesci pigliare. Del resto la nostra amicizia ha sempre sfiorato livelli di sincerità sorprendenti, nonostante l'ambiente in cui si è generata.

– Non mortificarti. Sappiamo tutte e tre benissimo chi è, anzi chi era, Giada Colonna.

Niní annuisce.

Un po' per volta, mandorla dopo mandorla, cedendo prima a una fetta di crostata per poi cadere rovinosamente sul vassoio delle bombe alla crema, Niní e Cosima fanno crollare ogni remora e in pochi minuti annullano mesi e mesi di cauto riserbo. Un girone infernale di supposizioni, di pettegolezzi mai riferiti su Marco Valerio e sulla sua «sciacquetta».

Non so se Giada Colonna fosse una sciacquetta. In oltre quarant'anni di matrimonio, ho visto Marco Valerio collezionare decine di relazioni. Benché io sia sempre stata tentata dall'etichettare le sue donne come delle poco di buono, devo ammettere che tra loro ci sono state delle eccezioni. Persone che da una relazione con lui non avrebbero tratto nessun vantaggio, e malgrado ciò inspiegabilmente l'avevano intrapresa.

Su chi fosse l'ultima amante di mio marito – o meglio ex amante, stando a quanto raccontato da lui nella sua telefonata fiume – si direbbe che Niní e Cosima ne sappiano molto piú di quanto abbia capito io. La lunga conversazione che ne scaturisce e che, mio malgrado, mi trovo costretta a sostenere sembra non finire piú.

Quello che mi appare chiaro è che stavolta mio marito ha perso la brocca in un modo del tutto inedito rispetto al suo standard collaudato con le precedenti amanti. Questo deve aver giocato un ruolo importante nella reazione abnorme che l'abbandono gli ha provocato. Un abbandono di cui con le mie amiche non faccio parola.

L'articolo sul «Messaggero» è il primo di una lunga serie che ci tempesta per cinque giorni di seguito. Decine di articoli online si diffondono attraverso i social network: tutto il meglio del peggio che il progresso tecnologico è riuscito a creare.

Niní è preoccupata. – Vedrai che tireranno in ballo Marco Valerio, e non gli sarà nemmeno facile prendere le distanze, perché di tracce sue in casa di quella tizia ne troveranno per forza. E chissà quanti avvoltoi sarebbero pronti ad avventarsi sulla storia tra lui e la ragazza, se per caso dovesse venire fuori. Speriamo che per colpa di un omicidio commesso da chissà chi non finisca lui nei guai.

Tra le righe leggo una doppia preoccupazione: per Marco Valerio, o meglio per me in quanto sua moglie, e per sé stessa, o meglio per suo marito in quanto socio della Fondazione Guerra e di una serie di altre attività a essa collegate.

– Ma no! – ribatte Cosima. – A giudicare dall'ambientino che la ragazza frequentava, state a vedere che Marco Valerio neanche lo scomoderanno.

Due opinioni divergenti, che esprimono a turno a intervalli regolari, e che io fingo di ascoltare mentre in realtà cerco di immaginare cosa stia facendo mio marito in questo momento. Oltre a non rispondermi al telefono.

Che negli ultimi giorni Marco Valerio ha dormito a casa l'ho saputo da Consolación. Me l'ha comunicato come prima informazione: «Dottor Guerra è uscito presto stamattina. Tornato tardi ieri sera».

In Fondazione stessa musica: il dottore è fuori, non ha lasciato detto quando torna. Mi resta da chiamare solo Oscar, il suo segretario personale, ma non ne ho voglia. E poi, mi dico, che senso avrebbe? Marco Valerio non ha accolto la mano che gli avevo teso dicendogli di raggiungermi qui. Come al solito il mio aiuto, per essere adeguato alla sua richiesta, avrebbe dovuto concretizzarsi secondo lo schema che lui aveva previsto. L'eventualità che io rilanciassi non era contemplata. Men che meno lo era la possibilità che si spingesse fino alla Tuscia per beneficiare della mia cosí necessaria presenza. Ho tenuto duro piú di quanto si aspettasse da me, ed ecco il risultato: non avrò sue notizie finché non sarò tornata a Roma. Come lui riteneva dovessi fare sin dall'inizio.

E forse aveva ragione.

È stata di Oscar, il segretario personale di Marco Valerio, la prima telefonata che ho ricevuto stamattina. Ho avuto subito la sensazione che fosse turbato. Anzi, spaventato. Una voce tremula che non sembrava neppure la sua. Ha biascicato un paio di parole, di cui ho capito poco, prima di schiarirsi la voce e comunicare la notizia. Che mi ha lasciato senza parole.

Le mie amiche hanno lo sguardo angosciato. Non conoscono il contenuto della telefonata che mi ha raggiunto un attimo fa, mentre indugiavamo negli accappatoi prima di immergerci nella piscina sulfurea.

Mi seguono in silenzio mentre mi precipito all'interno dello stabilimento termale, e da lí verso il corridoio che lo congiunge con l'accesso riservato all'hotel.

Il portiere esce da dietro il suo bancone e ci viene subito incontro, premuroso.

– Tutto bene, signora Guerra?

Lo liquido con un gesto secco della mano e proseguo verso l'ascensore.

Mentre saliamo in camera Niní e Cosima si lanciano occhiate. Sfuggo ai loro sguardi, riflessa nello specchio intravedo un'immagine di me che non mi appartiene. Pallida come l'accappatoio beige che ho addosso, le labbra tirate... dieci anni in piú in dieci minuti.

Mi lasciano sulla soglia della mia stanza, incerte se entrare con me o restarsene piantate fuori dalla porta, gli zoccoli di plastica delle terme affondati nella moquette del corridoio. Una domanda inespressa in punta di lingua: che è successo, Anna Carla?

Non possono immaginarlo, no. E io non trovo le parole giuste per dirglielo. Penso alle nostre elucubrazioni, alla preoccupazione con cui Niní e Cosima ipotizzavano che Marco Valerio, in quanto persona molto vicina alla vittima, rischiasse di venire coinvolto, suo malgrado e senza colpa alcuna, in un'indagine per omicidio con tanto di sovraesposizione mediatica. Una rogna dalla quale avrebbe dovuto faticare per tirarsi fuori.

E invece in quella rogna Marco Valerio ci si è infilato con tutte le scarpe. Per volontà propria e senza attenuante alcuna: reo confesso di un delitto che non ha commesso, ne sono certa. Non so se lo saranno anche loro, o se fingeranno di esserlo. So solo che quanto ascolteranno da oggi in poi, quanto verrà ripetuto fino a rimbombare nelle orecchie della gente, contribuirà a rendere la colpevolezza di mio marito pressoché inattaccabile. Come ha iniziato a fare lui stesso appena un'ora fa. Inspiegabilmente.

Mi chiudo la porta alle spalle e mi fiondo sulla trousse dei farmaci. Ingoio un ansiolitico col residuo d'acqua di una bottiglietta lasciata sullo scrittoio la sera prima. Sprofondo nella poltrona accanto all'armadio e cerco di riordinare le idee. Il telefono, che tengo ancora in mano, squilla di nuovo.

– Ginevra, – rispondo alla mia assistente appena comparsa sul display.

– Anna Carla, come stai? Oscar mi ha appena chiamato... Sono sconvolta.

Data la mia assenza mi aveva chiesto qualche giorno di ferie, e ora dovrebbe essere a Sabaudia.

– E come vuoi che stia? Atterrita.

– Ci credo! Sei a Viterbo?

– Sí. Sono appena rientrata nella mia stanza e sto cercando di riavermi dallo shock.

– Senti, forse è meglio che vada in ufficio. Sicuramente ci sarà il caos e sai com'è: nei momenti di confusione qualche fesseria può scapparci sempre.

– Ma non eri a Sabaudia?

– Sono tornata ieri sera. Mi stava prendendo lo sconforto: freddo, pioggia, mare agitato. In casa un'umidità da rischiare di ammalarsi.

– Allora sí, grazie. Se puoi, fai un salto e rassicurami che almeno lí vada tutto bene.

– Mi muovo subito.

Sto per chiudere quando la sento chiamarmi.

– Dimmi, Ginevra.

– Ricordati che qualunque cosa succeda, tu sei sempre Anna Carla la roccia.

Mi fa sorridere, ma mi spaventa. È per essere una «roccia» che stavolta potrei aver commesso la piú grossa fesseria della mia vita. Per cosa, poi? Un tardivo rigurgito d'orgoglio? Se davvero mi vuoi, vieni a prendermi. Sorrido delle mie parole e della dabbenaggine che mi ha portato a pronunciarle. Dopo quarant'anni di quieta tolleranza e di disponibilità quasi assoluta, la mia presa di posizione non poteva che provocare un disastro.

L'affresco – o è un semplice dipinto? – sulla parete davanti a me, raffigura un paesaggio agreste. Ciociaria, forse. M'incanto a guardarlo mentre inseguo i pensieri, che sembrano sfuggirmi un attimo dopo averli formulati. Un campo di grano, uno stradello con in fondo una casa contadina, piú in là una collina e una chiesa. Un mondo lontano. Dimenticato. Eppure mi basta chiudere gli occhi per rivedermici dentro. Ed è una sensazione che non mi piace.

Per un'inconscia associazione di idee penso ai miei genitori. Mia madre, Teresa Cecchini, che in una casupola in Ciociaria c'è nata e cresciuta, prima di esserne trascinata via da un romanaccio intraprendente che sognava in grande e che poco per volta le ha dato tutte le stelle che le aveva promesso. Mio padre, Remo Santucci, che dell'impero di Marco Valerio Guerra è stato il finanziatore iniziale e continua a esserne socio per la metà della mia quota, e che non la prenderebbe bene se venisse a sapere dell'arresto da un telegiornale. E, a occhio e croce, non dovrebbe mancare molto prima che questo accada. Meglio anticipare.

Compongo il numero e mi risponde lui al secondo squillo.

– Pronto, chi parla?

– Papà, sono io.

– Ciao ragazze', come stai?

E come sto? Che gli posso rispondere? Male, papà, sto male.

Prendo fiato e gli racconto quello che ho appena appreso.

– Ma porca mignotta! – è il suo primo commento, che resta l'unico per un minuto buono. Un minuto di sbuffate e sospiri con dietro la voce di mia madre, subito in apprensione. – Remo, che è successo?

Mi pento per un attimo di averli chiamati. Sono piú in gamba di me, ma hanno un'età che si avvicina pericolosamente al secolo. Un colpo del genere può essere ferale.

– Papà, mi dispiace di avervelo detto, ma temevo che poteste venirlo a sapere da qualche notiziario.

– No, ma dico, se po' esse piú fessi de cosí? – continua a imprecare Remo. Poi aggiusta la voce, torna calmo, almeno in apparenza. – Ma te dove stai? – mi chiede.

– A Viterbo.

– A Viterbo? E che ce stai a fa'? Ahh, sí: i fumi, i fanghi... quella roba lí.

Per un pragmatico come lui una vacanza alle terme, se dura piú di un giorno, è una perdita di tempo.

– Già, – rispondo.

– Mo' però te devi da' na mossa, fia mia: devi torna' a Roma. De corsa.

Novant'anni suonati e ancora comanda. Ancora detta legge. Remo Santucci: il re dei cessi. L'uomo venuto dalle borgate che ha fatto della latrina in tutte le sue declinazioni un business milionario, tale da renderlo un uomo d'affari. Non ci può credere, dice, che il suo investimento piú importante possa finire male per colpa di quel *fesso* di suo genero, e fesso è il piú garbato degli appellativi che gli sta riservando. Evito di ricordargli che l'investimento di cui parla, risalente a piú di quarant'anni fa, di Marco Valerio Guerra portava il nome. Un blasone altisonante almeno quanto decadente, ma per Remo la possibilità di accostarlo al nostro valeva da sola il cospicuo finanziamento che ciò avrebbe richiesto alle sue tasche. Che me l'aveva dato a fare, se no, un nome da signora? Anna Carla. A che serviva altrimenti che io fossi bella – come se anche in questo avesse avuto lui facoltà decisionale – o che mi avesse mandato nelle scuole piú esclusive di Roma?

– Ora sentimi bene, a papà: te negli affari di tuo marito ce sai mette le mani. Sei piú brava de lui. E se no che te facevo studia' a fare? – cerca di scherzare. Con me e con mia madre si sfoga in romanesco, ma l'italiano lo sa parlare. E pure bene, altrimenti non avrebbe fatto affari con mezza Italia.

Mi verrebbe di replicare che a voler studiare, a volermi laureare, sono stata io. Per lui sarei potuta rimanere ignorante quanto una capra. Come ai tempi del collegio, quando fulminava con le sue lezioni di vita gli insegnanti che osavano lamentarsi per il mio scarso rendimento.

Quattro in matematica? E che problema c'è, professoressa? No perché i casi sono due: o uno non c'ha una lira, e allora non c'ha niente da contare, oppure è ricco, e allora può pagare qualcuno per fare i conti al posto suo. Tre in francese? Ma professore bello, che cambia? Tanto se uno se può permette di andare a Parigi come Dio comanda, allora si può permettere pure un interprete. Se ci devi andare da morto di fame, allora tanto vale che te ne stai a casa.

Tutto cosí. Punto per punto, ogni aspetto della sua vita rispondeva a un solo metro di valutazione: i soldi. O sei ricco, o sei un morto di fame. Una via di mezzo non c'è.

– Anna Ca', me stai a senti'?

– Sí, papà, ti sto sentendo. Però di questo ce ne occupiamo dopo. Per ora la cosa importante è capire se si può salvare Marco Valerio.

– E che devi salva'? S'è accusato da solo, 'sto deficiente.

– Papà! – lo fermo. – Marco Valerio non ha ucciso nessuno.

– Pure io ce vorrei credere, fietta bella, ma se me dici che ha confessato. Che ne sai, poi? Uno che a settant'anni se mette co' 'na sgallettata, qualche rotella che nun glie funziona ce la deve ave' pe' forza. Quella l'aveva lasciato, no? E metti che a un certo punto non ci ha visto piú e ha perso la testa, senza volerlo può pure averla ammazzata.

Ho omesso nel mio racconto la richiesta d'aiuto che Marco Valerio mi aveva lanciato l'altra sera, non avrebbe cambiato la sostanza delle cose. Avrei ottenuto al massimo un paio di imprecazioni in piú, stavolta dirette contro di me. E il disappunto di mia madre: un marito come Marco Valerio si segue sempre, ricordatelo, figlia mia. Anche se fa il farfallone – Teresa Santucci nata Cecchini, ciociara d'origine e di tradizioni, s'era impegnata per anni a imparare a parlare erudito e non avrebbe mai usato un termine meno gentile – resterà sempre tuo marito e tu resterai sempre la signora Guerra.

Un traguardo considerevole, per Anna Carla Santucci, altrimenti nota ai suoi nobilissimi compagni di collegio come la «principessa dei bagni pubblici».

Evito di farmelo ripetere, quindi, ma so anch'io che è la verità. È stato il nome dei Guerra a cambiarmi davvero la vita, cancellando con un colpo di spugna le mie origini agli occhi della Roma che conta. E consentendo a Remo Santucci di uscire dal settore servizi igienici per approdare all'edilizia d'alto rango. Ma c'è un'altra verità, che io amo ricordare sempre a me stessa: senza di me l'impero costruito da Marco Valerio in tutti questi anni non avrebbe la stessa forza. E non è per narcisismo, né per presunzione. So che è cosí.

Mi distraggo al punto da non accorgermi che ora all'altro capo del telefono c'è mia madre.

– Lorenzo, l'hai chiamato? – mi chiede, accorata.

– No, non ancora.

– Devi chiamarlo. Sono certa che correrà subito a Roma.

Io invece non ne sono cosí sicura.

– Non mi ricordo neppure dove sta. Non mi comunica quasi mai i suoi spostamenti, non vorrei che fosse in qualche posto dall'altro lato del mondo dove magari adesso è notte fonda. L'ultima volta che l'ho sentito era in Amazzonia.

– Sí, è stato lí fino a qualche giorno fa, sai, per quel fatto della foresta che brucia. Ma adesso sta a Berlino, – conclude bisbigliando, quasi imbarazzata di sapere qualcosa di mio figlio che io invece non so. Neanche fosse la prima volta.

Il legame di mio figlio Lorenzo con sua nonna Teresa è sempre stato speciale. Al confronto, quel poco di dialogo che a fatica sono riuscita a conquistare io in quarant'anni è nulla. Per non parlare del muro invalicabile di animosità e disistima reciproca che s'è innalzato nel tempo tra lui e Marco Valerio. Riprendo il trolley dall'angolo in cui l'avevo riposto. Tiro giú dall'armadio la roba appesa, svuoto il cassetto, recupero le scarpe lasciate qua e là e infilo tutto dentro il bagaglio. Lo faccio in modo meccanico, concentrata sui miei pensieri che diventano sempre piú ingombranti. D'altronde è cosí che succede, no? Quando t'arriva una mazzata, è difficile che tu ne percepisca subito l'intensità. Solo dopo, quando ti siedi a riflettere e inizi a massaggiarti la testa, ti accorgi del danno. Della sua gravità. Quello è il momento in cui, come dice Remo, ti dài una mossa. Cerchi di trovare una soluzione, una via d'uscita. L'ansiolitico deve aver sortito il suo effetto, perché nonostante tutto non mi sento soffocare. Anzi, riesco persino ad analizzare con lucidità un dettaglio niente affatto secondario: alle Terme dei Papi, Niní e Cosima ci sono arrivate con la mia auto. Non posso certo mollarle qui e scapparmene via senza dare loro una spiegazione. E poi la notizia dell'arresto arriverebbe comunque all'orecchio di Niní in tempi brevissimi attraverso suo marito Lucio, che in quanto socio di Marco Valerio sarà già stato messo al corrente di ogni cosa. Ergo, oltre al biasimo di aver abbandonato lei e Cosima nel cuore della Tuscia, intascherei come minimo anche un'accusa di scarsa fiducia.

Esco dalla mia stanza, ancora in accappatoio e zoccoli di plastica, per raggiungere quella di Niní. Giro gli occhi verso la finestra del corridoio e vedo che sta iniziando a piovere, il cielo di un grigio cosí scuro da non lasciare speranze. Sto per bussare alla porta quando il telefono squilla.

È un numero di Roma.

– Anna Carla, sono Enrico.

Enrico Marini Taddei, quanto di piú vicino a un amico Marco Valerio possa avere, nonché avvocato di noto spessore. Capace di sovvertire anche il piú inattaccabile dei capi d'accusa e di portare a casa risultati al di sopra delle aspettative nella quasi totalità dei casi. Lo accolgo come una benedizione, e del resto è ciò che si aspetta.

– Enrico. È un conforto sentire la tua voce. Ti avrei chiamato tra poco, giusto il tempo di riprendermi dal colpo...

– Posso immaginare, cara, posso immaginare. Ma tu non ti devi preoccupare: faremo di tutto per cercare di attenuare il piú possibile le conseguenze di questa... circostanza. Mi avvarrò dell'aiuto di altri due colleghi e vedrai che qualcosa otterremo. Malgrado la posizione di Marco Valerio – non posso e non voglio nascondertelo – sia piuttosto critica.

Le beghe legali di mio marito, finora, si sono sempre piazzate felicemente tra le vittorie piú eclatanti dello studio legale Marini Taddei e soci. Ma stavolta aiutarlo è difficile anche per Enrico. Non posso dargli torto se per prima cosa mette le mani avanti. Quale avvocato non si comporterebbe allo stesso modo in un caso simile?

– Lo so, Enrico. Quello che ha fatto Marco Valerio è... folle. E io sono sicura che ci sia una spiegazione. Non può aver ucciso una persona, e di sicuro non volontariamente!

– Ma è naturale, cara. Ho iniziato subito a muovermi e spero di incontrarlo già oggi pomeriggio. Vedrai che riuscirò a capirci qualcosa. Per il momento volevo solo tranquillizzarti.

– Ti ringrazio, Enrico. Attendo tue notizie.

Riattacco con un nodo in gola, segno che l'angoscia ora ha superato la soglia d'azione dell'ansiolitico. Il tono fermo, rassicurante di Marini Taddei ha sortito l'effetto opposto a quello auspicato. Apro la finestra e prendo un respiro profondo: l'aria è fresca e odora di terra bagnata, il che aiuta a ristabilire l'equilibrio. Mi trattengo al davanzale per un paio di minuti, finché non mi accorgo che il fisioterapista delle Terme si è fermato davanti alla finestra e mi saluta sorridendo da sotto l'ombrello. Ricambio il cenno, ma il sorriso non mi viene. E pensare che appena ieri, sui sorrisi che quell'uomo mi riserva da quando, appena arrivata, gli ho sottoposto la mia spalla dolorante, ci avevamo scherzato una mattinata intera.

Vedi com'è? Un giorno solo e cambia tutto. La prospettiva, lo stato d'animo, le sicurezze incrollabili su cui è fondata la tua vita. Sorrido sardonica a me stessa riflessa sul vetro della finestra. Un giorno. È cosí che me la voglio raccontare. Come se la telefonata di quella sera non avesse già stravolto ogni cosa, come se l'inquietudine che mi porto dietro da giorni non avesse fatto altro che concretizzarsi stamattina in un rimorso. Che mi attanaglia e di nuovo mi porta a immaginare cosa sarebbe successo se gli avessi risposto in un altro modo, se gli avessi detto che sí, sarei tornata a Roma come lui voleva. A offrirgli una spalla su cui piangere. A impedire che tutto questo avesse anche solo motivo di accadere.

Prima di bussare alla porta di Niní sento un parlottio sommesso, segno che Cosima è lí con lei. Meglio cosí.

Vengono ad aprirmi insieme. L'espressione sul loro viso non è cambiata, segno che ho battuto Lucio Vallardi sul tempo.

Tergiverso ancora un momento, poi comunico loro la notizia. Nuda e cruda.

E ora siamo qui, a sessanta all'ora sulla Cassia bis allagata. Nel giro di quaranta minuti – tanto c'è voluto perché fossimo pronte tutte e tre – dal cielo grigio scuro che avevo occhieggiato dalla finestra è venuto giú il finimondo.

Il portiere dell'hotel era preoccupato. Ha consultato il meteo, che prevedeva «piogge abbondanti» lungo la strada e addirittura «abbondantissime» su Roma.

«Ma signora Guerra, è sicura di voler partire proprio adesso, con questo maltempo?» insisteva.

Ha mandato un ragazzo a prendere la mia auto, l'ha fatta portare fin quasi sotto la pensilina, ha caricato i bagagli. S'è raccomandato di andare piano, specie in un certo punto della strada dove quando piove si crea un lago e allora bisogna buttarsi sulla sinistra. Con prudenza, però, per carità, signora Guerra. Ha intascato la solita mancia annuale, la piú sostanziosa della stagione.

Chissà come mi vedrà questo brav'uomo da domani in avanti, quando mio marito, il riveritissimo Marco Valerio Guerra, sarà passato dallo status di uomo ricco e potente a quello di galeotto assassino? Chissà come mi vedrà il resto del mondo, del mio, quantomeno. Che si riduce a Roma, e alla gente che frequento da piú di quarant'anni e che da piú di quarant'anni mi riserva salamelecchi di ogni tipo. A me: l'ex principessa dei bagni pubblici assurta all'Olimpo della nobiltà vera.

Ma il mio ruolo al fianco di Marco Valerio, per fortuna, non si riduce a quello di moglie. La mia voce, e in questo mio padre ha ragione, nella Fondazione Guerra ha sempre contato. Me ne sono resa conto in modo tangibile dieci minuti fa quando, puntuale come un treno, Niní ha ricevuto la telefonata di Lucio. Il quale, per la prima volta in tanti anni, ha chiesto di parlare con me. Era angosciato forse piú di quanto non lo fossi io. Per sé stesso e per il suo nove per cento, piú che per le sorti di Marco Valerio.

– Meno male che stiamo andando via. Le previsioni dicono che attacca a piovere e non finisce piú per due giorni. Altro che piscine termali: ce ne saremmo dovute restare chiuse in albergo, se fossimo rimaste lí, – osserva Cosima dal sedile posteriore, rompendo il silenzio che s'è creato nell'abitacolo.

Cosima è fatta cosí: deve sempre propinarti ciò che le capita in chiave positiva. Certo, la contingenza specifica è di una gravità tale che riempire il mezzo bicchiere è un'impresa ardua anche per lei. Che infatti fino a Vetralla, piú o meno, non ha aperto bocca.

Una volta rotto il ghiaccio, però, tutto fila liscio. Almeno per loro due.

– Sei riuscita a parlare con Lorenzo? – s'informa Niní.

– Sí, l'ho sentito mezz'ora fa. È a Berlino, ma parte subito.

– Chissà come l'ha presa, povero ragazzo.

Non rispondo. Non perché non sappia cosa dire, ma perché la reazione di mio figlio mi ha sorpreso. Interpretarla è complicato anche per me.

– Ragazzo, Niní? Lorenzo ha quarant'anni suonati! È coetaneo di Fiamma mia, – ribatte Cosima, che della latitanza di mio figlio non riesce a farsene una ragione. *Fiamma sua* ha all'attivo, nell'ordine: un matrimonio, un figlio e un'agenzia che organizza eventi scientifici. Tutti traguardi che Cosima non fa che sbandierare a destra e a sinistra con un orgoglio da madre di premio Nobel. Lorenzo, invece, che ha concluso?

– Per me resterà sempre un ragazzo. L'ho visto nascere, – replica Niní, indulgente. Lei invece per Lorenzo ha un debole da sempre. Forse perché di figli non ne ha mai avuti; o forse perché davvero l'ha visto nascere. L'ha persino tenuto a battesimo.

– È sconvolto, – mi limito a dire. So che non ci crederanno, ma è la verità. Mi ci è voluto un po' per rintracciarlo. Lorenzo non usa il cellulare e, ovunque si trovi nel mondo, la sua regola è che dev'essere lui a farsi vivo. Otto volte su dieci la persona che chiama è mia madre, le altre due rimanenti toccano a me. Telefonate brevi e concise, finalizzate a comunicarmi che sta bene e a informarsi sulla mia buona salute. Suo padre non lo nomina neppure. Per le emergenze, tempo fa, mi aveva dato il numero di un tizio che – non so come, non so perché – sa sempre dove trovarlo. È a lui che mi sono rivolta stamattina, con la richiesta di farmi contattare da Lorenzo il piú presto possibile. Quando è arrivata la chiamata stavo già quasi per scendere giú e per mettermi in macchina.

«Ho pochi minuti, mamma», è stata la prima cosa che ha detto.

Mi ero preparata le parole per evitare di essere troppo esplicita senza però farlo scappare via, come succede ogni volta che c'è di mezzo Marco Valerio. Ma quel tono da «non mi scocciare con stupidaggini, parla solo se è una cosa seria» mi ha smosso i nervi.

Non m'è rimasto che essere diretta. Quasi brusca.

«Hanno arrestato tuo padre».

«Ha esagerato con le mazzette, eh! Vabbe', tanto lo sai come vanno ste cose in Italia: uno come lui non si farà nemmeno un'ora di carcere», ha commentato.

«No, Lorenzo, non si tratta di "mazzette". È accusato di aver ucciso una ragazza».

S'è ammutolito di colpo. Ha cambiato voce.

«Ma che stai dicendo?»

«Era la sua... amica». Ho dovuto deglutire prima di nominarla. L'amante di turno che s'era trasformata in un incubo mortale. «Si chiamava Giada Colonna. È stata ritrovata nel suo appartamento. Tuo padre, – mi sono fermata di nuovo, – ha ammesso di essere l'assassino».

La reazione di Lorenzo mi ha lasciato senza parole.

«Papà...» ha mormorato. Non lo chiamava cosí da piú di vent'anni. «Non è possibile che l'abbia fatto. Non è possibile, non è possibile», ha ripetuto. Sembrava in trance.

«Cosa? Che l'abbia uccisa o che abbia confessato l'omicidio?»

«Ma nessuna delle due, – è sbottato, di nuovo in sé. – Mio padre è uno stronzo, è uno che per fare soldi venderebbe anche sua madre, ma non sarebbe capace di ammazzare qualcuno. Non direttamente almeno, e tu sai che lo dico per esperienza».

Me lo ricordo come se fosse ieri, il giorno in cui Lorenzo tornò a casa con i capelli rasta e un cane fangoso nello zaino, dopo essere sparito per quattro giorni. Pur di non colpirlo, Marco Valerio sferrò un pugno contro la scrivania e si ruppe persino la mano. E anche piú avanti, di fronte a ogni genere di provocazione, di insulto, mio marito non l'ha mai sfiorato nemmeno di sfuggita. Si sono detestati a vicenda, questo sí.

«Devono averlo minacciato, messo con le spalle al muro», ha concluso Lorenzo.

Non riuscivo a credere alle mie orecchie: lo stava difendendo. Voleva muoversi di corsa per tornare a Roma in poche ore. In aereo, addirittura, in barba alle emissioni di CO_2, perché in treno ci avrebbe messo troppo tempo. E lui suo padre voleva vederlo subito.

Non credo che sarà possibile, ma nel timore di rompere l'incantesimo ho evitato di dirglielo.

Il diluvio universale che non accenna a smettere sta quadruplicando la durata del viaggio e lo sta rendendo faticoso. Siamo quasi a Roma quando uno scroscio d'acqua cosí violento da azzerare la visibilità mi costringe a fermarmi in una piazzola di sosta.

Batto le mani sul volante due volte. Vorrei che servisse a scrollarmi di dosso l'ansia che mi sta divorando.

– Sembra che le condizioni meteo ce la stiano mettendo tutta per impedirmi di arrivare a casa e chiudermici dentro, prima di incappare in occhiate morbose da parte dei vicini. Piú tempo passa e piú è probabile che la notizia inizi a girare.

– Ora di sicuro la stampa ti assalirà, – prevede Cosima, presa dal copione del film che la sua mente sta elaborando sulla mia vicenda e di cui nel frattempo ci rende partecipi. Io che esco dal palazzo di giustizia protetta da un nugolo di guardie del corpo, una mano sugli occhiali da sole oversize, l'altra parata davanti a schermirmi dalle domande pressanti. Avrebbe mai immaginato che suo marito fosse un assassino? Lei ha mai conosciuto Giada Colonna? Enrico Marini Taddei che mi scorta fino all'auto e risponde al mio posto.

È talmente reale da mettermi i brividi.

– Speriamo piuttosto che non l'abbia ancora saputo nessuno, cosí non rischi di ritrovarti i paparazzi sotto casa. Su Facebook per il momento non è uscito niente, – dice Niní, concreta, alzando gli occhi dal telefono su cui smanetta da mezz'ora. Un paio di occhialetti con la montatura rossa sul naso.

Mi viene spontaneo guardare l'orologio sul cruscotto: segna le 14.27. Considerato che Marco Valerio è stato arrestato da almeno tre ore, al netto della mia assoluta ignoranza in fatto di Facebook, Twitter o di ogni altra simile diavoleria, dubito che l'auspicio di Niní possa trovare conferma.

– Temo invece che la versione di Cosima, licenze drammaturgiche a parte, sia la piú verosimile.

– Comunque stai tranquilla, io vengo a casa con te.

Cosima non si pronuncia, ma immagino che si defilerà.

– Controlleresti il percorso che ci conviene fare? – chiedo a Niní, che da quando ha scoperto Google Maps non muove un passo senza prima interpellarlo.

La mia amica rinforca gli occhiali e si concentra. – C'è un rallentamento vicino al Sant'Andrea. La Flaminia qui me la segnala gialla, perciò non è troppo intasata. L'unico blocco rosso è sulla tangenziale est e poi all'inizio di viale Parioli.

– Non è che per caso ti segnala anche se si sono create nuove voragini da qualche parte lungo la strada? – ironizza Cosima, che il mese scorso ha evitato per un pelo di sprofondare con la sua Smart dentro una buca di recente formazione.

La pioggia si sta riducendo e la visibilità è tornata discreta. Approfitto della tregua per riprendere la strada. Rallentamenti gialli e blocchi rossi, tutto è esattamente come previsto, anche l'orario in cui la mia auto imbocca via di San Valentino e arriva davanti al cancello di casa, che apro nell'indifferenza degli unici quattro passanti. Riconosco le facce per la frequenza giornaliera con cui le incontro. Niente occhiate strane né curiosi nascosti tra le foglie dell'edera che ricopre il muro di cinta della villa.

Niní si guarda intorno soddisfatta, mentre i battenti del cancello automatico si schiudono. – Visto? Che t'avevo detto? Ancora non s'è saputo nulla. Ora puoi barricarti in casa e decidere di non dare conto a nessuno.

Annuisce, convinta che basti questo a sollevarmi l'animo, ma io non l'ascolto. Fisso il marciapiede accanto a me, in preda a un senso di nausea pungente. Soffocante.

Come se soltanto ora, all'improvviso, tutto fosse diventato reale.

Quando mi ha vista impallidire davanti al cancello di casa, Niní s'è spaventata. Mi ha scortata fino alla mia camera da letto e mi ha costretta a sdraiarmi, anche se io non ne sentivo il bisogno. Mi ha tolto di torno l'ignara Consolación spedendola a preparare la stanza per Lorenzo e rassicurandola che la signora Anna Carla non era malata e che non serviva chiamare il dottore.

E ora ci ritroviamo qui, tra le quattro mura della mia stanza, sedute sul letto che non divido piú con Marco Valerio da talmente tanto tempo da dubitare alle volte di averlo mai fatto.

– Temo che dovrai comunicarglielo, a quei due, che il dottor Guerra non tornerà a casa per un po'. Soprattutto temo che dovrai anticipare loro quello che purtroppo scopriranno a breve. Altrimenti rischi di trovarli svenuti sul pavimento della cucina davanti al televisore acceso sul Tg1 delle venti, – consiglia Niní, dopo la terza incursione di Consolación nell'anticamera.

– Ovvio che glielo dirò, stasera stessa. Aspetto Lorenzo, poi li convoco e do loro la notizia. In fondo, dopo tutti questi anni, sono di famiglia.

Niní annuisce senza commentare. Si mette a fissare la fotografia sul cassettone.

– Come mai ti tieni quella foto sempre davanti agli occhi? – mi chiede.

Siamo io e Marco Valerio, seduti su un divano a dondolo che non so nemmeno piú che fine abbia fatto. La mia testa è appoggiata sul braccio che lui tiene steso sul cuscino dietro di me. Sul retro, dove non si vede, c'è anche scritta la data: luglio 1978.

– Non lo so. Forse perché ero felice. Giovane e felice.

Era stato l'unico periodo idilliaco di tutta la mia vita matrimoniale.

– Tu l'hai amato per davvero, quello sciagurato.

Non so se è cosí, ma so per certo che c'è stato un momento in cui ne ero convinta. E Niní di quel momento è stata forse l'unica testimone.

Marco Valerio Guerra, d'altra parte, l'avevo conosciuto grazie a lei.

Quasi tutte le mie amicizie, all'epoca, erano in qualche modo legate a Niní. Gli anni passati nel liceo piú esclusivo di Roma mi avevano garantito una sorta di appartenenza acquisita all'ambiente dei miei compagni, collocati da generazioni tra i Parioli e l'Aventino. Mantenere le stesse frequentazioni anche dopo per me era stata una priorità assoluta, sia perché in fondo tra quella gente c'ero cresciuta, sia perché non c'era giro migliore in cui pescare un uomo che ritenessi adeguato alle mie ambizioni. Sarebbe stato difficile, se Niní non avesse amichevolmente ritenuto ovvio condividere con me le sue conoscenze.

Marco Valerio Guerra fu una di quelle.

Venticinque anni, fisico non proprio longilineo, pochi capelli, contegnoso fino a diventare quasi antipatico con chi non gli interessava e grande affabulatore con quelli – o quelle – che voleva conquistare. Uno di cui avevo sentito parlare, ma che prima di allora non avevo mai avuto occasione di conoscere. Uno che mai avrei immaginato potesse attirarmi.

Parecchi mesi dopo il nostro primo incontro, all'improvviso, lui s'era fatto in quattro per combinarne un altro. Aveva tampinato Lucio Vallardi perché convincesse la sua fidanzata a programmare un'uscita a quattro e tanto aveva brigato che alla fine c'era riuscito. S'era presentato in grande spolvero, con in canna un colpo da maestro per scaricare gli altri due in tempi brevi e trasformare l'appuntamento in un tête-à-tête tra lui e me. Il primo della serie che fu costretto a organizzare prima di ottenere la mia considerazione.

Di rampolli dai nomi ben piú roboanti del suo ne avevo conosciuti parecchi. Marco Valerio non somigliava a nessuno di loro, e con le ragazze non riscuoteva un gran successo. Forse per la condizione economica tutt'altro che florida della sua famiglia, forse per il suo aspetto koaleggiante. O forse perché era evidente, oltre che risaputo, che il suo standard di coinvolgimento sentimentale non superava le quattro settimane. Due, nel caso in cui ottenere quanto desiderava non comportasse troppa fatica.

Un presuntuoso, si diceva, la cui sola fortuna era quella di fare da lacchè a un imprenditore noto e molto potente, uno che in sé e per sé non valeva nulla.

Ma a me bastarono dieci minuti per capire che non era cosí. Attento, astuto, capace di misurare ogni parola e ogni azione finalizzandole a qualcosa che andava oltre quello che i piú riuscivano a percepire. Marco Valerio Guerra era il cavallo vincente su cui nessuno avrebbe scommesso. Un purosangue.

Le sue mire erano abbastanza chiare sin dall'inizio, e sin dall'inizio avevano coinciso con le mie. Ma per rendergli il traguardo piú prezioso e meritevole d'impegno, prima di accettare la sua proposta lo costrinsi a una lunga camminata sulla corda. Un gioco delle parti, cui lui si sottopose senza batter ciglio.

I Guerra, seppur decaduti, ai miei occhi conservavano il fascino di una roccaforte gentilizia. Erano il genere di famiglia in cui una come me, pur munita di rutilante villone all'Olgiata e sgrezzata da anni di collegi e scuole d'alto rango, in condizioni normali difficilmente sarebbe stata ammessa.

Marco Valerio, questo era evidente, del suo lignaggio non sapeva che farsene. Ciò di cui aveva bisogno era un patrimonio, quello di cui i suoi avi l'avevano privato, nascondendo voragini di debiti dietro una facciata di finta opulenza che poco per volta s'era sgretolata.

Remo Santucci gliene offrí uno.

– Forse, a modo suo, pure lui... – dice Niní. Tra sé e sé, come riflettendo ad alta voce. Gli occhiali sul naso, chinata sul mio cassettone a fissare la fotografia. Nel tempo ho finito col dubitarne, ma in fondo lo penso anch'io. Per quel breve periodo Marco Valerio è stato innamorato di me.

Niní si ferma ancora, finché nel mio salotto non si materializza senza alcun preavviso Enrico Marini Taddei. Va via giusto in tempo per incrociare l'auto di Ginevra che è appena entrata nel giardino.

La mia assistente vola su di me a braccia aperte, pronta a supportarmi. Si piazza accanto all'avvocato e lo tartassa di domande cui lui cerca di rispondere pur non avendo ancora gli elementi necessari, ma sviscerando la questione come se fosse ancora tutta da vedere.

Dopo lo sbandamento iniziale che mi ha paralizzato sulla soglia, pallida e sul punto di vomitare sotto gli occhi preoccupati di Niní, e anche grazie alla chiacchierata con lei, a poco a poco sto recuperando il contatto con la realtà. Che ora, tra le mura di casa, pare meno minacciosa.

Il colloquio che Enrico è riuscito ad avere in carcere con mio marito, a quanto pare, non è stato di nessuna utilità.

– Anna Carla, devo dirti con grande sconcerto che Marco Valerio sembra non voler fare nulla per migliorare la propria posizione, – comunica, infastidito per la presumibile inefficacia di una qualunque strategia difensiva. – È come se per lui il caso fosse già chiuso. Come se fosse rassegnato a scontare una condanna per omicidio volontario, con una pena che francamente supererebbe di gran lunga quella che potremmo cercare di ottenere sostenendo l'omicidio preterintenzionale o persino colposo. Non parla piú. Davvero non capisco.

– Non lo capisco neanch'io, – rispondo.

O forse mi conviene non capire. Perché se uno come Marco Valerio arriva ad autodenunciarsi significa che l'alternativa gli risulta insostenibile. O che l'amore fatale dei settant'anni gli ha obnubilato la mente al punto da non rendersi conto di quello che fa e di quello che dice.

I fatti, però, cosí come mio marito li ha narrati al commissario che l'ha interrogato, sembrano talmente lineari che nessuno riesce a dubitarne. Giada Colonna l'ha lasciato e lui l'ha uccisa, incapace di tollerare l'idea che lei non fosse piú sua.

– Sai che vuol dire? – spiega Enrico. – Il movente, l'arma e le prove arriveranno molto presto, perché quella sera Marco Valerio e la ragazza sono stati insieme. E purtroppo parliamo di tracce che inchiodano. Se poi aggiungi che è lui in persona a fornire gli indizi… – Mi guarda mentre scuoto la testa con rassegnazione.

Lorenzo compare sulla porta di casa senza alcun preavviso. Vederlo qui davanti a me, dopo tanti mesi di lontananza, mi provoca un'emozione che contengo con difficoltà.

Borsone sdrucito di tela appeso a una spalla, zaino da esploratore altrettanto malconcio, capelli rasta piú brizzolati sulle tempie rispetto all'ultima volta e raccolti in una coda.

Si dirige verso di me e mi abbraccia con un calore che mi spiazza.

Dal centro della stanza, Enrico Marini Taddei si avvicina insieme a Ginevra. Scruta mio figlio con l'aria di chi sta osservando un animale raro. Credo che non lo veda da quando aveva diciotto anni, e anche allora non sembrava che ne avesse grande considerazione. Del resto, come potrebbe essere altrimenti? Marco Valerio non ha fatto che disintegrare l'immagine di nostro figlio agli occhi di tutti, ridicolizzando ogni causa in cui s'impegnava.

Lorenzo ricambia lo sguardo, poi allunga la mano per stringere quella di Enrico.

– Stava andando via, avvocato? – chiede, con un'ansia che disorienta il suo interlocutore.

– No, non ancora.

– Bene, – commenta Lorenzo.

Si avvicina a Ginevra, che lo bacia e lo abbraccia.

È lontana da lui come il giorno dalla notte, eppure Lorenzo l'ha sempre apprezzata. Soprattutto dal giorno in cui si era licenziata sbattendo la porta di fronte a un tentativo d'approccio di Marco Valerio. Ma sprecare una risorsa cosí importante, dotata di capacità fuori del comune, sarebbe stato un delitto. M'ero messa in mezzo per recuperarla in corner e ipso facto l'avevo reintegrata col ruolo di mia assistente personale. Da allora facciamo il gioco delle parti: io fingo di ignorare il motivo delle sue dimissioni e lei finge di non sapere che la bravata di mio marito era arrivata al mio orecchio. E, a quanto pare, anche a quello di Lorenzo.

Mio figlio scarica i bagagli nella stanza che Consolación gli ha appena preparato e torna subito nel salotto.

Enrico Marini Taddei gli spiega in breve ciò che ha già spiegato a noi, mentre Ginevra e io riordiniamo le carte che lei ha recuperato in ufficio e su cui avrei dovuto lavorare al rientro. Oltre a quelle, mi consegna un altro plico.

– Questi invece sono documenti di tuo marito. Non so cosa contengano, ma Oscar mi ha detto di darli a te.

Li deposito sulla scrivania dello studio di Marco Valerio, senza aprirli. Non avrei le forze per affrontare nuove scoperte e, a giudicare dall'aspetto blindato della carpetta, è probabile che quelle carte ne riservino qualcuna.

Ginevra sta per andarsene quando suonano al citofono.

Fernando risponde, poi corre in salotto agitato.

– Signora, c'è polizia!

– Sí, Fernando, non preoccuparti, lo so, – lo tranquillizzo, ma sento una scossa lungo la schiena. La realtà si concretizza di nuovo davanti ai miei occhi provocandomi un'altra stretta alla gola. Da ora è tutto vero. Da ora vale sul serio.

Mi avvicino a Lorenzo, che si è alzato in piedi insieme a Marini Taddei, mentre Ginevra sgattaiola via dalla scala di servizio.

Fernando accompagna in salotto il commissario insieme a un altro poliziotto.

– Buonasera, sono il commissario Brandi.

Gli tendo la mano e lui me la stringe. Ha lo sguardo diretto, la stretta vigorosa. Sembra uno che sa il fatto suo. Non è difficile intuire che è convinto di avere in pugno il caso della sua vita.

Lo invito ad accomodarsi, lui si siede davanti a me.

Mi fa la prima domanda. La piú ovvia, la piú banale, cui rispondo senza nemmeno doverci riflettere su.

– Signora Santucci, dove si trovava lei la sera in cui Giada Colonna è stata uccisa?

Ingoio la replica che stava per venirmi spontanea. Guerra, commissario. Io mi chiamo Guerra. Come la famiglia di cui faccio legittimamente parte da piú di quarant'anni.

– A Viterbo. Alle Terme dei Papi.

4.
Marco Valerio

È incredibile quanti pregiudizi sbagliati costruiamo intorno alle parole. Nel senso che noi diamo un significato positivo o negativo a certi termini, ma quelli ti si rivoltano contro e si divertono a sovvertire il proprio significato, per dimostrarti che sei stato un imbecille a fissarti su una sola, specifica accezione.

Non vi è chiaro? Scusate se non ne sono sorpreso. Sono concetti, e voi siete gente concreta. Sí, sí, concreta. Adesso credete che vi abbia fatto un complimento, che pensi a voi come a persone calate nella realtà, che non perdono tempo, che badano al sodo. Invece intendevo che siete incapaci di fare collegamenti, che siete gretti, meschini.

Per esempio, l'esperienza. Si insiste sempre: devi fare esperienza; quello è esperto; con l'esperienza si impara cosa bisogna fare. E ci si riferisce all'esperienza come a un fattore positivo, a un vantaggio. Ma esperienza vuol dire pure, necessariamente, avere sofferto, e avere sbagliato. Oppure, la memoria. Avere buona memoria aiuta, e parecchio: però condanna a ricordare tutto, anche ciò che fa male, ciò che si preferirebbe cadesse nell'oblio.

Io, lo ribadisco, ho un'ottima memoria. E sono molto esperto. Questo dovrebbe essermi di conforto in una situazione simile?

Ecco, adesso mi torna in mente la 128.

Mi guardate vacui. Non posso biasimarvi. Vi aspettate una confessione, un dettagliato, precisissimo resoconto di quanto è successo e io vi parlo della 128. Che, magari, nessuno di voi sa com'è fatta. Perché siete nati dopo, o eravate troppo piccoli negli anni in cui circolava ancora.

Dopo che cominciai a lavorare sul serio decisi di comprare una macchina. Fu una mossa sciocca, potevo tranquillamente andare in ufficio in autobus o a piedi, e per le questioni dell'impresa c'erano i mezzi aziendali; ma ero giovane, e dentro di me c'era la voglia di avere una cosa mia. Allora presi quest'auto di seconda mano, che in teoria avrebbe dovuto essere quasi nuova. Oggi a vederla in foto vengono i brividi, perché è di una bruttezza rara, ma per me era stupenda, e soprattutto era mia. Cioè, lo sarebbe stata in fondo a un tunnel interminabile di rate.

Be', una volta andai a una festa, un banale compleanno nemmeno mi ricordo di chi; la fidanzata di un collega, forse. Non c'era posto per parcheggiare e io salii su un marciapiede. Quando scesi, la macchina aveva una ruota che sembrava staccata. Non a terra, proprio staccata: si era spezzato un braccetto, o un semiasse… non ne capisco. Salire su quello scalino lo aveva rotto, e la ruota anteriore sinistra aveva assunto un'inclinazione innaturale, come una gamba fratturata.

Perché vi sto raccontando questo episodio? Semplice, per spiegarvi come mi sento. Dalla sera di quell'incidente, e fino a pochi giorni fa, non mi era piú capitato di provare uno sgomento del genere, un senso di cosí assoluta impotenza.

Mi rendo conto: il parallelo che ho appena proposto vi fa inorridire. Si sta rafforzando la vostra convinzione di trovarvi di fronte a un freddo sciacallo, a un bastardo senza cuore che mette a confronto la ruota di una macchina di merda con... con questa faccenda. Ma l'ho detto, ero un ragazzo: quell'auto mi era costata tutti i miei risparmi e una parte dei guadagni a venire. Avevo messo soldi che non possedevo in una specie... in una specie di progetto che mi riguardava. E qui sta la similitudine, nel fatto di avere un progetto, sebbene folle, visionario. Nel fatto che in entrambi i casi era in gioco la pianificazione ridicola di un futuro.

Ma ora lasciamo stare il futuro, torniamo al passato. Torniamo a quelle che a voi paiono le farneticazioni di un vecchio pazzo, e che invece sono l'analisi precisa di quanto è accaduto. Dovrete ascoltarmi, se volete, alla fine, udire le parole che aspettate.

Se volete la mia confessione.

Avete avuto un sussulto, non mi è sfuggito. È una tecnica che funziona sempre, buttare lí una frase fuori contesto mentre sembra che la conversazione stia andando in un'altra direzione. Si usa pure negli affari, sapete? Equivale a mandare una spia dietro le linee nemiche per poi ricevere un rapporto sul numero dei cannoni, dei fucili, degli uomini e dei carri armati. Cogli un luccichio negli occhi dell'interlocutore, avverti la variazione del respiro e capisci con chiarezza qual è l'intento, l'obiettivo di chi si trova dall'altro lato del tavolo. È bello fare affari con voi, siete prevedibili.

Adesso, comunque, vi devo parlare di Anna Carla. È essenziale per comprendere il resto.

Vi ho accennato al nostro primo incontro, vi ho detto di quanto fosse giovane e intelligente e bella e raffinata. Non le mancava nulla. Ma soprattutto aveva i soldi, o meglio aveva un padre coi soldi. Ricordate: il re dei cessi, con questo nome lo conoscevano nell'ambiente. Lo prendevano in giro, sghignazzavano di lui.

Non che ci fosse qualcosa di male nel suo mestiere, intendiamoci, però la figura dell'imprenditore è po' diversa da quella del commerciante. L'imprenditore rischia, il commerciante molto meno. E il commerciante grosso, davvero grosso, meno ancora. Lui comprava quando aveva già venduto, manteneva una grossa liquidità e in pratica faceva lo strozzino, nel senso che procrastinava i pagamenti alle aziende in difficoltà e guadagnava piú sulle proroghe che sul materiale. Avrebbero dovuto chiamarlo il re dei postdatati, un soprannome che lo avrebbe ritratto meglio.

È ancora vivo, sapete? Secondo me non muore perché di là non lo vogliono. Me lo immagino, in questo stesso momento, che si gode la situazione e sputa veleno su di me con la figlia; non mi sbaglio, credetemi, lo conosco. E nemmeno ho dubbi che stia partecipando in modo attivo alla riorganizzazione degli affari, per limitare le perdite e ottimizzare i ricavi. È la sua natura.

Quando mi resi conto che mi serviva Anna Carla, cominciai a frequentarla. Scoprii in seguito che alla mia terza telefonata c'era stato un vero e proprio summit familiare, durante il quale il mio profilo era stato vagliato con attenzione.

Eravamo perfettamente complementari. Io avevo un nome, ero capace, lucido, con buoni studi e ottimi contatti. Lei aveva la dotazione di capitale necessaria ai miei scopi, era brillante e aveva dimostrato di sapersi comportare in società.

Qualche volta, soprattutto negli ultimi tempi, mi sono chiesto se fra noi ci sia mai stato qualcosa che trascendesse la consapevolezza della reciproca utilità. Non ho saputo darmi una risposta. In lei, all'inizio, è probabile che agisse forte il desiderio di uscire dalla stretta sfera d'influenza del padre; una cosa che io non dovevo incentivare: a me papà Santucci serviva piú della figlia. Inoltre non mi dispiaceva averci a che fare, tendeva a essere invadente, ma in fondo eravamo della stessa pasta, e il suo fiuto animalesco per gli affari era fondamentale. Almeno finché non diventammo troppo grossi e potenti per restare nei settori tradizionali; quando arrivammo all'alta finanza, alle telecomunicazioni, al terziario puro, le competenze di Remo smisero di essere rilevanti.

Lo tenni dentro, certo; d'altra parte il capitale con cui avevo cominciato era suo. Lasciai in piedi qualcuna delle vecchie attività perché avesse un giocattolo e se ne stesse tranquillo. Si trastullava e continuava a guadagnare, apprezzando il successo di suo genero in ambiti che non era in grado di comprendere ma dei quali intuiva le potenzialità. Il mondo stava cambiando, e di questo lui era cosciente, anche se non riusciva a seguirne la velocità.

Anna Carla, invece, lei stava al passo. Capiva al volo, sapeva studiare e approfondire. Ecco, noi siamo stati innanzitutto soci. Non amici, l'amicizia è un sentimento che non conosco, e i fatti hanno dimostrato che l'amore è altro: però devo dare atto ad Anna Carla di essere stata la moglie perfetta per quello che sono io. Per quello che *credevo di essere* io.

Quanto è accaduto negli anni della mia ascesa inarrestabile vi è noto, immagino; sono usciti centinaia di articoli sui giornali, vere e proprie biografie. Il mio nome è saltato puntualmente fuori ogni volta che se ne cercava uno parlando di regia occulta, di burattinai, di oscure trame. Mi sono sempre sbellicato a leggere queste fesserie, e pure Anna Carla ne rideva con me. Come si può essere tanto idioti? Magistrati, giornalisti, perfino criminali hanno provato a scavare nei miei affari a caccia di rogne nascoste, o anche solo di una giustificazione per il mio successo. Doveva per forza esserci dietro qualcosa di illegale, una volontà ferrea e un'intelligenza superiore non potevano essere sufficienti.

A questo proposito mi tocca deludervi. Non sarete voi a scoprire le magagne alla base dell'impero di Marco Valerio Guerra. Non sarete intervistati dai giornali economici, non vi produrrete in lunghe e noiose spiegazioni su come io sia riuscito a fregare le leggi internazionali, l'antitrust, l'Interpol o chi accidenti volete. La parte piú divertente, vi sembrerà strano, è proprio rispettare le regole. Trovare le imperfezioni del sistema e vincere, anzi stravincere senza che nessuno possa mai metterti spalle al muro. Le leggi le fanno gli uomini. Perciò è possibile, per un uomo piú intelligente, aggirarle e scavalcarle nella piena regolarità. Quasi sempre.

L'unica cosa indispensabile per fare i soldi, quella da cui non si può prescindere, sono i soldi. Serve po' di benzina per prendere velocità, poi basta sfruttare il vento come un surfista. E il piacere, credetemi, sta lí.

Anche il potere, lo ammetto, ha il suo gusto; il potere vero, intendo, quello che leggi in forma di paura negli occhi degli avversari. La ricchezza, il lusso, sono invece traguardi effimeri, e hanno pure corollari sgradevoli: ti rendono un polo di attrazione per un sacco di inutili parassiti. Puoi sfruttare anche questi, naturalmente. Ho conoscenti che si pagano vizi indicibili; non potete immaginare da quali pulsioni deviate la gente si lasci comandare.

Io no.

Io non gioco, non vado a puttane, non bevo, non mi drogo. Non mi serve, non mi è mai servito. L'adrenalina me la forniscono la competizione, la vittoria, l'identificazione del nuovo obiettivo e la pianificazione della strada per raggiungerlo. Non ho bisogno di polveri o alcol per tirarmi su. Non ho imperfezioni.

Cosí credevo. Il senso della nostra chiacchierata è proprio questo: cosí credevo.

Perché parlando con voi anche io cerco di capire. Dicendovi tutto mi sforzo di identificare la natura e la dimensione del granello di sabbia che ha inceppato il mio ingranaggio.

Per piccolo che sia.

A un certo punto arrivò Lorenzo, e ritengo sia il momento di parlare di lui, sebbene il fatto che io debba concentrarmi per inserirlo nel racconto in maniera tanto posticcia mi pare eloquente. Un figlio divide la vita in due parti, si dice. Un figlio è la traccia che lasciamo del nostro passaggio sulla Terra. Un figlio è una forma di immortalità.

Dio mio, quante ignobili, retoriche stupidaggini. Odio questa ridicola necessità di uniformarsi, di avere un territorio sentimentale comune.

Era Remo che desiderava un nipote, e Anna Carla, che a parole contrastava il vecchio ma poi era incapace di opporsi alla sua volontà, lo ha accontentato. Io non sentivo alcun istinto di paternità. Vi dico subito che non sono particolarmente legato a mio figlio, e dubito di aver fatto un favore al mondo contribuendo a generarlo. È un debole, un essere inutile. Colpa nostra, probabilmente: gli abbiamo reso la vita cosí facile che non c'è da stupirsi sia privo di denti e artigli. Io della sua educazione me ne sono sempre fregato, però confesso che mi aspettavo di meglio.

Comunque a quarant'anni quello che poteva fare lo ha fatto, è il caso di rassegnarsi. Se ne va in giro per il mondo inseguendo cause perse: l'ambiente, i bambini con la tubercolosi, i panda giganti e cazzate simili. Ha i capelli con quei cosi… dreadlock, mi pare li chiamino. Fa di tutto per assomigliare a quel novanta per cento di umanità che muore di fame, quasi si vergognasse di essere parte invece della minoranza che annega nel superfluo.

Non è uno stupido, intendiamoci, però è scollato dalla realtà. Saranno passati vent'anni dall'ultima volta che ho tentato di capire il suo modo di ragionare; ricordo solo che fu come chiacchierare con un albero.

L'avvocato mi ha riferito che, quando ha saputo la notizia, Lorenzo è salito sul primo aereo ed è tornato subito a casa. Mi sembra di vedere la preoccupazione sul suo viso, che tristezza.

Non mi stupirebbe che, dal punto di vista genetico, Lorenzo fosse colpa mia. Nella famiglia della madre un coglione di tali dimensioni non risulta essere mai esistito, mentre io vi ho detto di mio padre e della sua malinconica tendenza a prendere calci in faccia senza reagire. Sí, è plausibile che certe caratteristiche siano ascrivibili alla mia parte. Se ci penso questa cosa mi dà la nausea. Per carità, non me lo fate vedere. Non potrei sopportare il suo imbelle sconforto, e tantomeno la sua commiserazione. Valgo infinitamente piú io qui dentro che lui là fuori.

A mano a mano che la sua natura si palesava, diventava per me evidente che in azienda non c'era posto per lui; in ogni caso sono sicuro che, se gli avessi proposto di lavorare con me, avrebbe rifiutato. Però non c'è stata nessuna rottura drammatica fra noi, nessun addio seguito da porte sbattute: semplicemente ciascuno se n'è andato in silenzio per la sua strada. La mia famiglia, se vogliamo dare questo nome all'eterogeneo gruppo di consanguinei che mi orbita attorno, ha di buono una naturale inclinazione verso la schiettezza: nessuno finge attaccamenti che non esistono. Anche la porzione di questa storia che coinvolge Anna Carla non dovete leggerla attraverso la lente dell'affetto:

l'affetto non c'entra per nulla. Il nostro è solo un appoggiarsi l'uno all'altra per il comune interesse. Vi è chiaro? Forse no. Be', pazienza.

Ma riprendiamo il discorso precedente.

Ho usato l'esempio del surfista, ricordate? Funziona, datemi ascolto. La cosa fondamentale, per ottenere risultati superiori, è sentire l'onda, coglierne l'energia montante e capire come evolverà. Poi cavalcarla restando sulla sua cresta e seguendone la direzione. Detto cosí sembra facile, ma vi garantisco che non lo è. Nel mondo della finanza un'onda si scompone di continuo in mille altre, e di queste mille poche vanno avanti; la bravura consiste nel lasciare in tempo quella che sta per morire e prendere la successiva, una scelta che richiede capacità di valutazione rapidissime.

Sapete che esistono degli investitori, e perfino un fondo, che si muovono rigorosamente sulla base di quello che faccio io? In maniera acritica, per pura imitazione; quanto di piú vicino alla fede religiosa ci sia nel mondo del denaro. Non ne sono lusingato, e nemmeno disgustato: li capisco, ha un senso. È come puntare sul cavallo migliore.

La parte piú difficile è scegliere il management, le persone che debbono mettere in pratica le strategie dopo che l'impresa è avviata; stabilire gli obiettivi è sempre stato un mio compito esclusivo, non l'ho mai delegato. In questo sono profondamente diverso dal povero Carli di Bosconero, che amava troppo la vita comoda e perciò lasciava fare, fidandosi e perdendo il controllo; ma anche da mio suocero, Santucci, che al di là di un bell'istinto da mercante non va. Io non voglio delfini né eredi. Non ho mai incontrato nessuno che fosse vagamente in grado di reggere il confronto con me. Sono un mutante. Un alieno. Il frutto di un rarissimo incontro di geni, il risultato di un cortocircuito tra il talento visionario di un artista e la razionalità matematica piú fredda e analitica. Inutile affannarsi a cercare una mia replica, non esiste.

Che succederà adesso? Magari tornerà in ballo mio suocero, che finché avrà un alito di vita gestirà il patrimonio da commerciante di cessi qual è. Poi verrà il turno di Lorenzo, e lui si farà sbranare dai mangiapane a tradimento di cui si è circondato nella sua esistenza da vagabondo di lusso; a scialacquare ogni centesimo ci metterà molto piú di quanto mi resta da vivere, e comunque a me non importa, davvero. Io mi sono divertito, e tanto mi basta.

Vi guardate fra voi. Siete ansiosi. Cominciate a chiedervi se seguire queste mie elucubrazioni vi condurrà a sapere ciò che volete sapere, o se invece vi avrò solo fatto perdere tempo. Ma siccome a me serve che continuiate ad ascoltarmi, be', mi vedo costretto ad anticiparvi una notizia.

State tranquilli.

Vi alzerete e ve ne andrete di qui con quello che desiderate. Ve lo prometto. Quindi vi conviene avere ancora un po' di pazienza.

E poi adesso entra in scena l'attrice principale dello spettacolo, perciò mi aspetto da voi un netto incremento dell'attenzione.

Mettiamo in chiaro una cosa, per la quale vorrei che mi si credesse sulla parola: non sono un puttaniere. Se lo fossi stato sarei caduto ben presto vittima di giornalisti in cerca di scoop o di Pm ansiosi di guadagnarsi le prime pagine dei quotidiani. E trovereste registi e produttori pronti a raccontare di giovani aspiranti attrici che avrei sponsorizzato.

Negli anni c'è stata la fila: donne, uomini, genitori che mi offrivano i figli; credete di maneggiare il peggio dell'umanità, ma vi assicuro che non avete nemmeno raschiato la superficie della merda che c'è la fuori. Io, però, avevo giurato a me stesso che non mi sarei mai messo nelle condizioni di farmi ricattare da nessuno. Non sarebbe successo, per esempio, che un mio dipendente, uscendo tardi dall'ufficio, incontrasse sugli scalini qualcuno a conoscenza di segreti in grado di distruggermi.

Non fraintendetemi, il sesso mi piace, cosí come mi piacciono il brandy e le macchine sportive, ma non concepisco che uno possa rovinarsi per assecondare un capriccio. Mi sono preso le soddisfazioni che ho voluto alla luce del sole, senza lasciarmi coinvolgere. Il mio modo di agire si è sempre conformato al principio che il diletto legato ai sensi dovesse rappresentare una quota minima del totale, giacché la vera soddisfazione doveva venire da quello che la mia natura mi chiedeva in modo imperativo, cioè vincere senza fare prigionieri.

Tengo anche a precisare che, a differenza di quanto pensate, Giada non va ascritta alla vecchiaia.

So in quali delle vostre limitate, asfittiche categorie immaginate di poter incasellare me, Giada, Anna Carla e ciò che è accaduto. E può pure darsi che alla fine riusciate a convincere altri delle vostre supposizioni. Non avete idea di che immenso compiacimento sia per me avere la certezza che siete in errore.

Perché è cosí, state sbagliando. Vi manca la capacità di comprendere il significato profondo degli eventi. Qui non si parla di emozioni.

Qui si parla di crepe.

Collocate cosí in alto che dalla vostra posizione di inferiorità nemmeno si scorgono. Ma sono crepe profonde, che hanno il potere di far implodere, di ridurre in una nuvola di polvere e detriti un edificio maestoso costruito con cura per una vita intera.

Io vidi lei, lei non vide me. Una volta ho letto che la cifra di una relazione tra due persone viene stabilita nel primo incontro. Forse dovevo capire, forse dovevo intuire: io ho sempre intuito tutto. Tranne questa volta; forse perché non volevo.

Sono molti anni che non mi capita di non essere riconosciuto, di non essere al centro di immediata attenzione. Mio malgrado, a dispetto di una natura schiva, quando arrivo in un posto è quasi impossibile che non comincino i mormorii, che la gente non si metta a osservarmi, a parlare di me. Da sempre, anche da prima che «Forbes» o «Time» mi includessero nelle loro ridicole classifiche – che per inciso non tengono conto dei capitali nascosti in società costruite come matrioske e con sedi in mezzo al mare – il mio ingresso in un luogo ha avuto l'effetto di relegare il resto in secondo piano. Sono costretto, o meglio *ero* costretto a spostarmi con parecchie persone attorno. Un paio davanti, per un rapido controllo, un altro paio accanto, per guardarmi i fianchi e tenere lontani gli scocciatori. Una fatica, una scomodità che mi toglieva la voglia di muovermi, perciò lo evitavo il piú possibile.

Successe un anno fa.

Ironia della sorte fu proprio Anna Carla la responsabile di questo magnifico dramma. Lei interpreta la sua parte in maniera assai diversa dal sottoscritto: è mondana, frequenta il bel mondo e si impegna in raffinate cause di ipocrita beneficenza.

Quella volta si trattava di una vendita all'asta di oggetti d'arte per costruire non ricordo cosa non ricordo dove; forse un acquedotto in Africa. All'ultimo minuto non si sentí bene e mi costrinse ad andarci al posto suo.

Mi tenni per quanto possibile in disparte, ma inevitabilmente l'attenzione dei presenti si concentrò su di me.

Io avevo lo sguardo fisso, privo di espressione; aspettavo si facesse l'orario minimo per andarmene. Le opere erano paccottiglia, non destavano in me alcun interesse.

Tutte tranne una.

Una figura in bronzo sinuosa, di una quarantina di centimetri, che esprimeva energia e movimento: una specie di breve musica in metallo. Era esposta un po' defilata, dietro l'insulsa fotografia scattata da un celebre coglione che avevo già incontrato nei salotti buoni e semicoperta da un patetico tentativo di marina all'alba di una senatrice.

Non sono un esperto, né perdo tempo dietro a gente che pretende di orientarmi il gusto attraverso ponderosi saggi o dotte quanto inutili conferenze, ma qualcosa possiedo, seminato in giro per le case in cui sto piú spesso. E naturalmente investo: non solo in quello che è obiettivamente quotato, anche in quello che mi piace.

Non so spiegare bene – e voi non sembrate i tipi in grado di capire il fremito segreto, riposto, che certe cose possono regalare – eppure quella forma astratta, quasi una danza in corso, un volteggio fissato a metà, mi catturò all'istante. Era come se stesse per staccarsi dalla base, fondendo il metallo in cui era racchiusa, per venire a posarsi volando, docile, sulla mia spalla.

Fu battuta in quarta posizione, e offrii immediatamente una cifra che nessun altro avrebbe proposto mai. La presidentessa della Onlus per la quale si raccoglievano i fondi, una specie di balena con i capelli azzurri, venne verso di me sbavante per la gratitudine. Io a stento le risposi. Subito dopo sentii una voce alle mie spalle. Che cosa crede di aver comprato? Un tono secco, duro, irriguardoso. Mi voltai sorpreso, e mi ritrovai di fronte la donna piú bella che avessi mai visto.

No. Bella non è esatto. Se per bella intendiamo dai lineamenti armonici, ho conosciuto donne piú belle. Era qualcosa di diverso, Giada. Era una tensione. Un elastico tirato allo spasimo che da un momento all'altro sarebbe scattato, o si sarebbe rotto, provocando un'alterazione dello spazio e del tempo che nessuna forza avrebbe potuto fronteggiare. Giada era l'imprevisto prossimo venturo, una tragedia o un immenso colpo di fortuna. Era tutto e il contrario di tutto.

Mi resi conto di due cose: quella donna era arrabbiata con me e non sapeva chi fossi. Con un gesto, senza girarmi, fermai la mia guardia del corpo che si stava precipitando verso di me per proteggermi dalla giovane pazza. Lei teneva le labbra strette e i pugni chiusi lungo i fianchi: pareva una gatta pronta a saltare. Non capisco, dissi.

Tutti quei soldi, rispose. Perché tutti quei soldi per questa mia cosa? Che ha inteso fare, si può sapere?

Realizzai che parlava della statua, e che ne era l'autrice. Strinsi le spalle, replicai che non potevo permettere che mi sfuggisse, perciò avevo messo subito in chiaro che la volevo. E le domandai cosa fosse, cosa significasse.

Il volto di Giada è un caleidoscopio. Lei è in grado di passare da belva ad angelo e di nuovo a belva, di trasformarsi, in un batter di ciglia... Prego? Ah, sí, avete ragione. Naturalmente. *Era* in grado. Non *è* in grado. Sí.

Sorrise, e fu come se mi avesse schiaffeggiato. Sorrise e disse: è quello che vedo nello specchio quando sono nuda. Poi se ne andò.

Durante il viaggio di ritorno, in macchina, accarezzai piano le curve del bronzo: era freddo e io lo percepivo rovente; forse era la consapevolezza di ciò che rappresentava. Cercavo di scoprire che cosa mi avesse attirato di quella scultura, per quale motivo non avessi resistito all'impulso di acquistarla, e tentavo di visualizzare l'immagine nello specchio, e le mani che lavoravano la creta del modello dal quale sarebbe venuto il calco. In realtà, l'ho intuito solo nelle ultime ore, mi trovavo di fronte alla mia crepa, la lesione che avevo impudentemente pensato di non avere, e che invece era lí, pronta ad allargarsi.

Il problema delle crepe, però, è che ci passa la luce. E io da quella luce diventai subito dipendente.

Ho degli uomini che lavorano per me, si occupano di raccogliere informazioni. Sanno muoversi con assoluta riservatezza, riescono a ottenere tutto il necessario senza mai comparire. Di norma me ne servivo per scovare debolezze, punti vulnerabili da colpire in qualche trattativa. Chiamai il piú anziano di loro, il piú fidato, quello che lavorava per me da piú tempo. Non gli diedi spiegazioni, e lui non ne chiese. In breve seppi quello che dovevo, e in realtà non seppi niente.

Giada veniva da un paesino della Campania, nel Cilento. Viveva in città da alcuni anni, si era laureata e bla bla bla; aveva lavorato in un paio di gallerie. Con sorpresa scoprii che come artista non la conosceva nessuno, che non era quotata, ma che si occupava delle opere degli altri. Una venditrice.

Leggendo il rapporto alzai gli occhi, ricordo, e guardai la sagoma in bronzo. Per la millesima volta mi chiesi come avessi fatto a non capire quello che raffigurava, che invece adesso mi era fin troppo chiaro. Dolorosamente chiaro.

Era una divoratrice. I suoi flirt, che il mio investigatore riportava in un elenco, duravano poco e finivano sempre per volontà di lei. Il dossier conteneva anche il freddo, spassionato racconto di un pittore caduto in depressione; una vicenda terminata con un flaconcino di pillole svuotato in un colpo solo e una lavanda gastrica urgente. Giada non era nemmeno andata a fargli visita in ospedale.

Notai che nel susseguirsi delle relazioni era ravvisabile una crescita sociale. Individuava un obiettivo, se ne appropriava e quando trovava di meglio se ne liberava senza alcun rimorso. Ne avevo conosciute di piccole iene, di arrampicatrici spietate, ma prima o poi pagavano il conto, e nel migliore dei casi finivano in quelle agenzie che forniscono accompagnatrici agli uomini d'affari in transito. Lei invece sembrava agire sulla base di un progetto, di un iter prestabilito e pianificato.

Aveva ventotto anni. Poteva essere una mia figlia tardiva, addirittura una nipote, se mi fossi fatto una famiglia prima. E non ero io, non sono io il tipo che cade nella rete di un ragno. Ma c'era quella maledetta scultura, e l'idea dello specchio.

Mandai un mazzo di fiori. Anonimo. La mattina dopo mi fu riferito che era nel cassonetto dell'immondizia piú vicino, ancora incellofanato. Lo trovai spassoso. Ne mandai un altro, un altro ancora, alimentando il cassonetto. Nel quarto misi un filo di perle e la chiave del privé di un ristorante di lusso.

Venne. Ne ero certo. Non i fiori, non le perle: la curiosità. Le passò un lampo negli occhi, adesso era consapevole di chi fossi, aveva preso le sue informazioni. Non si scusò per l'aggressività del precedente incontro, senza salutare disse: non lo sai che le perle non si regalano? Le perle sono lacrime. Ti devo pagare, oppure ti devo pungere.

Perché?, domandai.

Perché o me le compro simbolicamente, o ti punisco per avermele regalate. Cosí si fa, dalle parti mie. Si sfilò una spilla dai capelli e mi punse la mano. Mi fece male. La prima volta, ma non l'ultima. Non l'ultima.

Io potrei narrarvi nei particolari ogni singolo istante trascorso con Giada. Potrei descrivervi il modo in cui si puliva la bocca dopo aver mangiato, spiegarvi come fosse curiosa di provare qualsiasi cosa, mostrarvi come riceveva i regali, con la gioia di una bambina e l'arroganza di una principessa alla quale tutto è dovuto. Potrei imitarvi la posizione in cui ascoltava la musica, la testa un po' piegata di lato, lo sguardo concentrato e una punta di lingua sporgente dalle labbra. E potrei raccontarvi del suo gusto deciso, della sua capacità innata di scorgere la bellezza senza esitazioni. Potrei ricordare con voi i silenzi popolati di fantasmi nei quali talvolta si rifugiava, precipitandomi nell'abisso del dubbio e della paura, e potrei rievocare l'allegria folle di certe mattine di sole, quando sapeva trascinarmi in una vita che non conoscevo.

Potrei parlarvi di Giada, e forse dovrei. Ma capisco che vogliate invece sapere di me, per ricostruire i fatti.

E allora sono costretto a parlarvi della gelosia. Del mostro che mi ha divorato dall'interno come un cancro.

Ricordate quello che vi ho detto poco fa a proposito dei pregiudizi sulle parole? Forse il piú grande e il piú doloroso degli errori riguarda la parola amore. Diciamo amore e sorridiamo, immaginando chiari di luna e deliziosi ristoranti, serate di tenerezza e notti di sesso: ma l'amore ci mette di fronte ai piú disperati, atroci momenti della vita.

L'amore è il padre della gelosia, e al tempo stesso capita che la gelosia lo preceda addirittura. I morsi di questo terribile impulso li senti addosso ancora prima di renderti conto che ami qualcuno.

Questa è la parte piú difficile della nostra chiacchierata: una chiacchierata definitiva. Non ve l'ho detto? Quando avrò finito di parlarvi non aggiungerò piú niente. Mai piú. Nemmeno una parola, né su questo argomento né su altro. Quindi avrete la piccola soddisfazione di essere stati gli ultimi a sentire la voce di Marco Valerio Guerra. Pur sempre un motivo di vanto.

È la parte piú difficile, ripeto, perché devo convincervi di aver provato per la prima volta un sentimento – al quale ero infatti impreparato – alla tenera età di settantuno anni. Fa piuttosto ribrezzo, me ne rendo conto, ed è anche poco credibile. Però, sapete una cosa? Non me ne frega niente di quello che credete o non credete. Proprio niente.

Giada è stata chiara fin dal principio, sul posto che potevo avere nella sua vita. Sarebbe comodo presentarla come una specie di Messalina, una Circe incantatrice e opportunista che voleva mettere le mani sui miei soldi e sfruttare la mia influenza. Lei non può negare, e per me sarebbe conveniente vestire i panni del vecchio fesso. Ma non è cosí.

Io non credo al fascino della ricchezza. O meglio, ci credo ma non nel senso che gli viene comunemente attribuito. Ritengo che di un uomo faccia parte tutto, anche la posizione sociale e il censo. Non penso che il potere, e perciò le capacità intellettuali, valgano meno di un bel paio di occhi azzurri o di un fisico palestrato. Non sono di quelli che pensano male o si scandalizzano per una ragazzina al braccio di un vecchio.

Giada ama il lusso, certo. Amava, chiedo scusa. E non le dispiaceva ricevere regali, abitare in quell'appartamento, non avere problemi economici di alcun tipo. Ma mai, mai mi ha detto di amarmi o di sentirsi mia, e io non ho mai preteso che lo facesse. A me era sufficiente ammirarla. All'improvviso, e per la prima volta, dipendevo da qualcuno. Avevo una crepa, ma guarda un po', la cosa mi piaceva.

Però c'era la gelosia.

Incongruente col resto, illogica, pronta a rovinarmi la vita.

Vi ho raccontato, in sintesi, il mio cammino. Di come e quanto fossi sempre riuscito a piegare il mondo alla mia volontà, a orientare il flusso degli eventi, a cavalcare l'onda sul surf della mia intelligenza. E adesso mi ritrovavo gambe all'aria ad annaspare senza fiato. Schiavo di un mostro irrazionale di cui non conoscevo la forza, né le capricciose abitudini.

Cominciai a farla sorvegliare. Era stata esplicita, non era una mia proprietà, si considerava libera di fare ciò che voleva. Mi aveva anche detto che se avessi invaso i suoi spazi, se avessi reclamato l'esclusiva dei suoi sentimenti, mi avrebbe cacciato dalla sua vita a calci nel culo. Io annuivo, le davo anche ragione, salvo poi ritrovarmi sveglio nella notte a scrutare il soffitto, a fronteggiare i miei spettri affamati.

Provai a convincere Giada a investire sul proprio talento artistico invece che sull'attività di intermediatrice. Le proposi di accreditarle una somma consistente, di intestarle qualche appartamento di lusso per renderla indipendente. Non le avrei chiesto niente in cambio, mi bastava la consapevolezza che il suo sorriso sarebbe perdurato anche quando io non ci fossi stato piú; in fondo la differenza di età che ci separava imponeva un minimo di pianificazione.

Quando glielo dissi mi fissò in un modo diverso: uno sguardo che mi ossessionerà per sempre. Sarà l'ultima immagine che la mente mi proporrà quando verrà il momento di trovare pace, ne sono certo.

Era commossa. Mi rispose che era la prima volta che qualcuno si poneva il problema della sua felicità. Ma non poteva accettare, perché sarebbe stato come riconoscere un diritto di proprietà: una concessione che la sua natura le impediva. Ovviamente aveva ragione.

I rapporti degli investigatori continuavano ad arrivarmi e, pur odiandomi, non trovavo la forza per interromperne il flusso. Sulle foto e nei filmati vedevo scorrere la vita di Giada senza di me. Allegra, imbronciata. Con la mano posata sul braccio di uomini che avevano al massimo l'età di Lorenzo. Istruttori di fitness, artisti spettinati, professori universitari rampanti. Sentivo la lama scavarmi nello stomaco, straziarmi le viscere, ma c'era qualcosa, in quel dolore, che in una strana, assurda maniera mi dava piacere. Era la sensazione di essere vivo, alla mia età. Che follia.

Stavo molto attento a non tradirmi; Giada non doveva capire che sapevo qualcosa della sua vita al di là dei nostri incontri. Sono sicuro che, se se ne fosse accorta, avrebbe lasciato l'appartamento e non l'avrei rivista piú. Il mio era un equilibrio sottile, e anche se per voi è difficile crederlo, vi garantisco che ero io a dipendere da lei molto piú di quanto lei non dipendesse da me.

Avevo trascorso un'intera esistenza nella convinzione di non avere falle, di essere immune da qualsiasi debolezza. Adesso, invece, era come se stessi camminando su un filo posto a cento metri dal suolo e retto da una giovane mano che non provava alcun sentimento nei miei confronti, se non forse un po' di tenerezza. Avrei fatto di tutto pur di creare e rafforzare una dipendenza, cosí da poter sperare di non perderla, ma non c'era modo. Questo mi uccideva, e mi teneva vivo.

Avrete saputo che Giada faceva uso di sostanze.

Non so se l'avete scoperto da... da quello che avete trovato su di lei, o se perfino il vostro metodo ignorante e grossolano di indagare ha dato qualche risultato. Immagino di sí.

Non era una vera e propria dipendenza, la sua, Giada non era il tipo di persona che aveva bisogno di rifugiarsi in qualcosa. Stava benissimo in compagnia di sé stessa. Era solo un vizio, una cosa che le piaceva fare di tanto in tanto, come bere o fumare. O scoparsi qualcuno. Lei era una che provava. Che tastava il terreno attorno, che spostava il limite. Non aveva alcun problema a procurarsi ciò che desiderava, era seduttiva. Se decideva che voleva qualcosa o qualcuno se lo prendeva, punto e basta.

Ora, che ci crediate o no, questo mi terrorizzava. Ero disposto ad accettare, pur tra terribili sofferenze, l'idea che andasse a letto con altri; l'alternativa sarebbe stata perderla. Però avevo una paura folle che qualche merda di spacciatore la convincesse di avere roba nuova e fantastica, di essere in possesso del passaporto per chissà quale paradiso sintetico: ci avrebbe impiegato un secondo, e magari le avrebbe rifilato qualcosa che poteva rivelarsi mortale.

Era diventata una fissazione. Mi assicurai che chi la riforniva facesse capo a persone raggiungibili dai miei, cosí da prevenire i pericoli maggiori, da evitare che rischiasse la vita. Ma Giada non era una persona davvero controllabile. Andava continuamente in posti diversi, cambiava ambiente; possedeva un talento speciale per allacciare rapporti. Un conto era sapere dove si trovava, un conto sapere con chi aveva a che fare.

Intensificai i controlli, diedi l'ordine di chiamarmi all'istante qualora fosse entrata in contatto con spacciatori che non rientravano tra quelli a noi noti. Feci con lei quello che mai avevo sentito il bisogno di fare con mio figlio o con mia moglie. Ma ve lo ribadisco, ero preda di un sentimento sconosciuto che avevo rinunciato a definire, che non potevo dominare.

E arriviamo a quella sera. Arriviamo a quello che volete sapere, quello per cui avete sopportato il mio lungo sfogo. Arriviamo al punto centrale: ora saprete se siete riusciti nel vostro intento.

Sarei quasi tentato di fermarmi qui. Di mettere la firma sotto un foglio sul quale voi stessi potreste scrivere, nel vostro burocratico linguaggio, ciò che accidenti volete. Ma arrivati a questo punto voglio finire. Con tutta la precisione di cui sono capace.

Poco prima delle ventitre mi arrivò una telefonata. La cosa mi sorprese, perché ogni comunicazione doveva avvenire in forma criptata e in orari definiti. Stavolta, invece, comparve il numero sul display, e il cuore mi saltò in gola.

Risposi subito. Ricordo come fosse adesso il sangue che mi martellava le tempie. Uno dell'agenzia che avevo ingaggiato mi disse che Giada si trovava al *Foxy*, il club di Testaccio, e che stava parlando sempre piú fitto con un nero sconosciuto. La lama mi si rigirò nel ventre, ma chiesi il motivo della telefonata: non era di questi incontri che avevo paura, e loro ne erano informati.

Il tizio mi disse che, a una verifica veloce, il nero risultava essere uno spacciatore, un cane sciolto che si procurava roba forte attraverso canali che noi non avevamo modo di tracciare.

Ero solo, Anna Carla non era in città. La mente cominciò a stringermi il cuore in una morsa. Mi convinsi che quell'uomo le avrebbe passato qualcosa di terribile, qualcosa che l'avrebbe uccisa. Dovevo intervenire, salvarla, ma come? Se avesse scoperto che la facevo sorvegliare, l'avrei perduta per sempre.

Ero bloccato; anche l'indecisione è uno stato d'animo che ho imparato con Giada.

Infine conclusi che non avevo alternative.

Arrivai al locale; scambiai uno sguardo d'intesa coi due uomini che stazionavano all'esterno su un'auto scura.

Mandai un messaggio a Giada; sono certo che lo avete letto, non ho fatto niente per nasconderlo. Le scrissi che ero fuori, e se per piacere poteva uscire, che dovevo parlarle.

Uscí come una furia. Non poteva credere che io sapessi dov'era; era molto su di giri, penso che avesse solo bevuto, però.

Dio, quant'era bella. Quant'era bella.

Cercai di parlarle. Cercai di dirle di non perdere la testa. Le chiesi che volesse in cambio, di dirmi quello che desiderava, qualsiasi cosa, ma di non farsi del male.

Scoppiò a ridere.

Pensavo di poterle impedire di vivere la vita come voleva? Mi sputò in faccia il suo disgusto, e io mi vidi con i suoi occhi: un vecchio sotto la luce di un lampione; i pochi capelli spettinati; la pelle del volto biancastra segnata dalle rughe profonde di una nuova, terribile debolezza. Forse quello era il fondo, pensai in un attimo di penosa lucidità. Ero entrato nella crepa.

Mi lanciò un'ultima occhiata carica di disprezzo e tornò dentro il *Foxy*. Provavo un dolore che poteva portarmi alla follia. I due investigatori privati non intervennero, trovandosi di fronte a una scena di miseria umana che non avrebbero potuto risolvere in alcun modo.

Come un automa, me ne andai a casa.

E chissà per quale ragione telefonai ad Anna Carla.

Forse mi serviva una voce. Forse mia moglie era la cosa piú vicina a un amico che avessi. Forse le dovevo, dopo tanti anni, che fosse lei la prima a osservare la fragilità di un uomo che si credeva invincibile. Mi sono interrogato molto sul perché di quella chiamata, ma non sono in grado di rispondere.

Sapeva di Giada, ovvio – sarebbe stato stupido da parte mia illudermi che non si fosse accorta di nulla – tuttavia non reagí bene, e non posso biasimarla. Una cosa è sapere, un'altra è sentirselo dire. Per di piú da un uomo piagnucolante e disperato, che non si vergogna di mostrare le macerie della propria dignità smantellata e distrutta.

La implorai di tornare in città, di non lasciarmi solo. All'improvviso la solitudine mi sembrava intollerabile, un peso eccessivo da sopportare. Stavo naufragando. Ero un'altra persona, e non sarei stato mai piú quello di prima.

Anna Carla mi rispose in malo modo. Avevo preteso troppo dalla sua comprensione o, piú probabilmente, si rifiutava di rilevare la mia vulnerabilità, che suonava oscena a lei quanto a me. Era come imbarazzata, disgustata piú che ferita.

Mi misi a bere, ricordo. Non possedevo gli strumenti per maneggiare la sofferenza. Non avevo idea di chi fossi diventato, di come uscire da quel tunnel. Non stavo male per me, non sarei sincero se lo affermassi. Ero disperato perché non ero stato capace di salvare Giada e perché non l'avrei piú rivista.

La mia vita precedente non esisteva piú, e non mi ero procurato un'alternativa. Ero morto.

Poi, all'improvviso, resuscitai. Nelle nebbie di un tormentato dormiveglia il cellulare cominciò a squillare. Era lei, proprio lei. L'amore mio, che stava bene e mi cercava. Ed era lí, in strada. Era venuta da me.

Qui finisce la mia storia.

Potrei dirvi che facemmo l'amore e che poi lei se ne tornò a casa, lasciandomi nel dubbio che fosse stato un sogno.

Potrei dirvi che mi chiese dei soldi e che dopo se ne andò montando su una macchina guidata da chissà chi.

Potrei dirvi che era bella come non era mai stata, con solo un impermeabile sopra un négligé da togliere il fiato.

Potrei dirvi che venne a comunicarmi che era finita, e che io la pregai solo di fare l'amore ancora una volta.

Potrei dirvi tutto questo, e non avreste prove per dimostrare il contrario. Ma non vi ho trattenuto tanto tempo per niente. Ho promesso.

Perciò vi dico che sí, sono stato io. L'ho riaccompagnata a casa, lí abbiamo litigato e l'ho uccisa.

Queste sono le ultime parole che avrete da me, quindi ascoltatele bene.

Sono stato io. Sono colpevole della morte di Giada Colonna.

Sono colpevole perché, a dispetto delle mie certezze, ero imperfetto.

Su questo rifletterò d'ora in poi, senza piú alcuna distrazione. Sulla crepa che avevo anch'io, enorme e irreparabile. Su come sono entrato, in quella crepa, scoprendo che era l'unico posto nel quale valesse la pena stare. Su come ho scambiato anni e anni di ascesa sociale, quasi fossero stati un semplice apprendistato, con un breve istante che però ha dato senso a una vita.

Sono colpevole. Perché il mondo là fuori non ha piú significato. È un deserto sterile, e non ci voglio tornare.

Sono stato io.

Potrete raccontare di essere quelli che hanno finalmente messo le mani su Marco Valerio Guerra. Avete la mia confessione. Fatemi firmare, poi toglietevi dai piedi.

Devo morire, e ci metterò il tempo che serve.

5.

Anna Carla

Ero a Viterbo. Al commissario Brandi rispondo senza nemmeno doverci pensare.

– A che ora è arrivata?

– Sono arrivata in mattinata, in compagnia di due amiche.

– Ha sentito suo marito durante la giornata, ha avuto modo di percepire qualcosa di strano?

Oltre al fatto che fosse a pezzi per colpa di Giada Colonna? Ovviamente non lo dissi.

– No, non l'ho sentito fino alla sera, quando mi ha chiamato lui.

– Poi piú niente?

– No, commissario. Ero appena rientrata in albergo con le mie amiche e sono andata a dormire. Non l'ho piú sentito.

– Nemmeno la mattina dopo?

– No, nemmeno la mattina dopo.

– E non l'ha trovato strano?

Sorrido con amarezza.

– Perché avrei dovuto, commissario? Io e mio marito non abbiamo l'abitudine di sentirci tutti i giorni quando uno dei due è fuori per qualche motivo.

– Capisco, – annuisce. – Signora Santucci, – riprende. Deve accorgersi del mio sobbalzo, infatti si ferma.

Guerra, commissario, signora Guerra. Come la famiglia

di cui faccio parte a pieno titolo da piú di quarant'anni. Fatico per non puntualizzarlo. Non sarebbe opportuno. Ma Brandi è uno sveglio, me ne sono accorta appena gli ho rivolto la parola.

E infatti: – Signora Guerra, – continua, – lei conosceva Giada Colonna?

– Solo di vista.

– Ed era al corrente del legame tra lei e il dottor Guerra?

– Ovvio che ne ero al corrente, commissario.

– E non ha mai provato gelosia nei suoi confronti?

Il discorso prende una piega pericolosa. Ma capisco che è inevitabile. Brandi non è uno stupido, me lo sono appena detto e me lo ripeto ancora.

Sorrido di nuovo. – Gelosia? E perché? Giada Colonna non era certo la prima. Ho smesso da tempo di essere gelosa di mio marito, commissario.

Brandi non mostra stupore. Del resto, nessun poliziotto accorto va a interrogare una persona di cui non si è preventivamente fatto quantomeno un'idea sommaria. Che io e Marco Valerio siamo pressoché dei separati in casa non è un segreto per nessuno.

Lorenzo assiste al colloquio in silenzio. Non credo sia sorpreso da quello che mi ha appena sentito dichiarare. Le relazioni extraconiugali di Marco Valerio non sono mai state un segreto nemmeno per lui.

Brandi sembra non avere piú nulla da chiedermi. Si rivolge a mio figlio.

– Quand'è stata l'ultima volta che ha sentito suo padre?

– Non vedo e non sento mio padre da anni, – risponde Lorenzo. Secco. Finora non ha quasi pronunciato parola. Appena ha potuto, ha espresso un unico pensiero: mio padre non può aver ucciso nessuno.

Nemmeno questo sembra meravigliare il commissario, che sulla nostra famiglia deve aver raccolto un dossier.

– Signor Guerra… dottor Guerra, – si corregge, – posso chiederle perché è cosí sicuro che suo padre menta nel dichiararsi colpevole?

– Commissario Brandi, mio padre non è uno stinco di santo, e non sarei sincero se le dicessi che ho stima di lui. Ma è la persona piú cinica che io conosca. Non commetterebbe mai un atto irrazionale. E uccidere l'amante che ha deciso di lasciarti è un atto estremamente irrazionale.

– Solo che suo padre quel delitto l'ha confessato.

– E anche questo, commissario, è un mistero che non riesco a spiegarmi.

Ma Brandi una spiegazione ce l'ha, e prima di congedarsi la condivide con noi.

– Io credo che il dottor Guerra si sia reso conto che saremmo arrivati a lui e abbia voluto anticiparci. La sua versione dei fatti, del resto, non presenta alcuna incongruenza. Senza contare i riscontri della Scientifica.

Enrico Marini Taddei, che ha assistito al colloquio, replica che i dati forniti dalla Scientifica non vanno mai presi per oro colato.

– Lei ha ragione, avvocato. Ma sa anche meglio di me che in presenza di una piena confessione e con tutti questi indizi concordanti…

Non conclude la frase, però è chiaro quello che vuole dire.

– Significa che le sue indagini finiscono qui? – chiede Lorenzo.

– No, dottor Guerra. Io non smetterò di indagare se prima non sarò convinto della colpevolezza di suo padre.

Lorenzo annuisce. Enrico raccomanda di non tralasciare nessuna pista.

Brandi si volta verso di me, come in attesa di un mio cenno di assenso, che arriva con un attimo di ritardo. Una frazione di secondo in cui i suoi occhi si fissano nei miei.

Gli stringo la mano, con tutta la fermezza che riesco a recuperare.

– Commissario, non ho dubbi che accerterà la verità.

Brandi abbozza un sorriso. Indecifrabile. Quel sorriso mi accompagna ancora quando finalmente raggiungo la mia stanza e mi butto sulla poltrona.

Allungo la mano verso la foto di me e Marco Valerio abbracciati e la abbasso a faccia in giú sul ripiano del cassettone.

La verità, commissario Brandi...

Quando quella sera a Viterbo avevo chiuso la telefonata, il timore che il coinvolgimento emotivo di Marco Valerio nei confronti di Giada Colonna potesse trasformarsi in qualcosa di catastrofico non aveva smesso di tormentarmi. Avevo fatto bene a metterlo a posto, e su questo punto la mia coscienza non aveva cedimenti. Era il resto che non funzionava. Quel pianto assurdo mi aveva spiazzato piú di quanto non fossi disposta ad ammettere, e ora mi affannavo nella ricerca spasmodica di una ragione che non fosse quella piú ovvia. Lacrime di rabbia, magari? Di orgoglio ferito? L'isteria di un uomo non avvezzo a subire le decisioni altrui? Qualsiasi cosa era meglio della devastante sbandata senile per cui mio marito aveva perso il senno al punto da mettersi a frignare per telefono implorandomi di correre ad accudirlo.

L'ansia di non sapere cosa stesse accadendo in casa mia mentre io me ne stavo lí a trastullarmi con le amiche mi assalí martellandomi in testa per il resto della serata.

Rimasi lí almeno un'ora, a fingere di partecipare alla conversazione con un bicchiere in mano, nell'attesa che una provvidenziale botta di stanchezza le richiamasse nelle loro rispettive stanze. Avrei potuto dichiarare forfait per prima, ma sarebbe stato insolito. Un mal di testa, la piú banale e meno credibile delle scuse, avrebbe ottenuto l'effetto opposto di attirare l'attenzione su di me. A intuire che qualcosa non andava, considerato che mi conoscono bene, Niní e Cosima ci avrebbero messo un secondo. E io non avevo voglia di dare spiegazioni, né tantomeno di confessare il dubbio amletico che stava cominciando a insinuarsi nella mia mente. Già il fatto che fossi schizzata via dal salottino soltanto per parlare al telefono con mio marito doveva aver stuzzicato la loro curiosità.

E infatti.

– Però Marco Valerio sta facendo progressi, – se ne uscí a un certo punto Niní.

Finsi di cadere dalle nuvole. – In che senso?

– Ti chiama, ti tiene mezz'ora al telefono. Non mi dire che è in atto un ritorno di fiamma! – ammicca.

La guardo perplessa. Non faccio in tempo a risponderle che Cosima interviene.

– Come sarebbe a dire un ritorno di fiamma? È sua moglie!

– E siccome è sua moglie lo ritieni impossibile?

– Sono sposati da una vita. Il concetto di ritorno di fiamma non mi sembra calzante.

– Ragazze, – le fermai, – tra Marco Valerio e me non è cambiato assolutamente nulla. Tutto procede come sempre, sia in senso positivo sia in senso negativo. Siamo stati un pezzo a parlare di questioni relative alla Fondazione.

Quello che io e mio marito ci diciamo sono affari miei, mi sarebbe venuto di rispondere, ma non sarebbe stato gentile. Dopotutto, è in loro che ho sempre trovato l'appoggio piú solido ogni volta che un colpo basso ha scosso la mia vita. E cosí loro in me. Una sorta di mutuo soccorso per tradimenti, delusioni, preoccupazioni materne, crisi dei cinquanta – e ormai da tempo anche dei sessanta – anni.

– Ma era ovvio, – commentò Cosima, guardando Niní con indulgenza ironica.

– Non ho subito una tardiva trasformazione in un'anima romantica, se è questo che temi, – sbottò Niní, – e se permetti conosco Guerra meglio di te e so come si comporta con Anna Carla. Però c'ha un'età, e si sa che gli uomini prima o poi... Io non mi stupirei se cambiasse abitudini.

– Se invece la smettessimo di parlare di mio marito? – proposi.

– Ma sí, giusto, – fece Cosima. – Poi, non mi pare che Marco Valerio faccia nulla di diverso da quello che fanno tanti altri uomini.

Avrei voluto replicare che questa non era una giustificazione, ma non ne valeva la pena. Cosima è il prototipo della cornuta consenziente, di sicuro piú di quanto non lo sia io. Perché lei all'idea insensata che le scappatelle di suo marito siano ciò che di piú normale esista al mondo ci crede veramente. Ancora oggi. Io almeno ho sempre considerato le «abitudini» – per citare Niní – di mio marito come lo scotto da pagare per continuare a tenermi stretto quello a cui tenevo di piú. In fondo non si può avere tutto.

– E tuo padre come sta? Va sempre in ufficio ogni mattina? – chiese a un tratto Niní, non so per quale associazione di pensieri. Forse solo per cambiare discorso.

Mio padre, d'altronde, è la prova vivente di quanto parziale sia l'opinione di Cosima sugli uomini. Legato in eterno alla donna che s'è scelto a vent'anni e cui è rimasto fedele per tutta la vita. Mai un tradimento, e non certo perché gliene sia mancata l'occasione.

La guardai e sorrisi. – Ovvio! Hai visto mai che qualcosa possa sfuggire al suo controllo.

Niní rise. A lei quel buzzurrone di Remo Santucci è sempre stato simpatico.

– Si fa prelevare dall'autista alle otto del mattino e tira avanti fino all'una, facendo le pulci a tutte le decisioni dell'amministratore delegato che Marco Valerio gli ha piazzato accanto.

– Scommetto che ancora oggi ne capisce piú lui di molti plurilaureati businessman. Lucio lo sostiene da sempre.

– Su questo non ci sono dubbi, – risposi. Era la verità.

Finalmente si decisero ad alzarsi dalle poltrone e avviarsi verso le rispettive camere. Passammo davanti alla portineria dove, mezzo addormentato, c'era un ragazzo che non conoscevamo. Scattò in piedi appena ci vide entrare e iniziò a profondersi in riverenze di ogni genere. Tutto a posto nelle camere? Se manca qualcosa non esitate a chiamare. Dell'acqua? Vi mando su una coperta?

Alla proposta della «coperta» Niní fece un sorrisetto ironico, che quello per fortuna non carpí. Era troppo giovane per coglierne il doppio senso e, a occhio e croce, troppo rispettoso per usarlo con noi.

– No, caro, grazie, – gli rispose, indulgente.

Dopo averci comunicato gli orari della prima colazione e augurato la buonanotte, il ragazzo si ritirò dietro il bancone.

– Però, una copertina, quasi quasi… – scherzò Niní, mentre aspettavamo l'ascensore.

Cosima storse il naso. – Niní!

– Perché? Ogni tanto è utile, sai?

– Fingo di non aver sentito.

– Ahó ma che pippa che sei! Anna Carla non si scandalizza. Vero, Annaca'?

Ero talmente concentrata nei miei pensieri che non mi accorsi nemmeno di essere stata interpellata.

– Anna Carla? – insisté Niní.

Mi voltai con aria assente, mentre le porte dell'ascensore si aprivano.

– Eh?

– Sí, vabbe', buonanotte!

– Ecco, meglio, – fece Cosima, uscendo per prima e infilando il corridoio. Partí spedita in direzione delle camere deluxe vista parco, che quest'anno nemmeno con tutta la buona volontà del concierge eravamo riuscite a trovare adiacenti. La prima che si incontrava era proprio la sua.

– Buonanotte. Domani sveglia presto e subito pronte per le piscine, – si congedò.

Niní aveva voglia di continuare a chiacchierare, ma io per quella sera avevo esaurito le mie scorte di convivialità. Avevo solo bisogno di starmene un po' da sola a rimuginare, e a cercare di capire quanto improvvida potesse essere la scelta che avevo fatto e di cui m'ero già pentita. La lasciai davanti alla sua porta senza darle il tempo di invitarmi a entrare, e proseguii dritto fino alla fine del corridoio verso la mia stanza.

Abbandonai le scarpe in un angolo e camminai al buio fino al bordo del letto. Mi sedetti e accesi l'abat-jour sul comodino. Poggiai i piedi scalzi sul tappetino bianco che, durante la mia assenza, qualcuno aveva disteso sullo scendiletto antico – o simil tale – che completava l'atmosfera rétro della camera.

Allungai la mano sul telefono, consapevole che non potesse contenere né messaggi né avvisi di chiamata. Non da parte di Marco Valerio. Decisi di rompere gli indugi e lo chiamai io. Non mi rispose. Provai al numero di casa, dove almeno Consolación mi avrebbe risposto, ma anche lí squillò a vuoto. Il suo cellulare e quello di Fernando erano irraggiungibili.

Non mi era mai successo di provare cosí tanta ansia per non essere riuscita a parlare con mio marito. Anzi, a voler approfondire la questione, direi che forse non m'era mai capitato di volerlo rintracciare a tutti i costi. Ho imparato presto che Marco Valerio è capace di rendersi del tutto irreperibile a chiunque, me e suo figlio compresi. E il metodo migliore per conservare inalterata la nostra pacifica convivenza, pur se costruita su una rete di compromessi non dichiarati, è sempre stato quello di non tentare forzature in quel senso. Anche per evitare circostanze imbarazzanti, che poi non avrei piú potuto fingere di ignorare.

Ecco perché sul principio non capii cosa mi stesse accadendo quella sera: l'inquietudine prese il sopravvento su ogni considerazione logica.

Se Niní fosse stata presente, e se per di piú avesse conosciuto il vero contenuto della telefonata, avrebbe interpretato la mia ansia come l'improbabile ritorno di fiamma su cui sproloquiava poco prima. Ma avrebbe preso una cantonata. La vera causa del mio stato di fibrillazione non c'entrava nulla con nessuno di quei sentimenti, cui non mi ero mai sognata di indulgere, neppure quella sera, quando mio marito sembrava essersi ricordato all'improvviso di me. Io sapevo bene che non poteva essere cosí. Che se Marco Valerio aveva pensato a me, non era né per sopravvenuti sensi di colpa nei miei confronti, né perché s'era pentito della sbandata. No. La ragione per cui aveva ritenuto che fossi io l'unica persona cui poter chiedere aiuto era che, per la prima volta in vita sua, aveva superato il limite di sopportazione. L'abbandono da parte di Giada Colonna doveva averlo turbato talmente tanto da rischiare di scardinare tutti gli equilibri. Compreso il nostro.

E io l'avevo intuito solo in quel momento. Forse troppo tardi.

Non avevo avvertito nessuno. M'ero infilata un paio di scarpe comode, una giacca piú adeguata al fresco della notte, un paio di guanti, ed ero uscita senza piú chiedermi se fosse o non fosse giusto. Era l'unica cosa da fare. Lo era sin dall'inizio.

Per non incappare di nuovo nello zelo del giovane portiere notturno, evitai l'ingresso principale. M'infilai in macchina e partii imboccando il viale alberato. Il cancello sulla strada si stava aprendo proprio allora per un'auto in entrata; mi misi di lato per lasciarla passare e poi ne approfittai. Giunta al bivio ebbi un'esitazione.

Lo stavo facendo davvero. Mi stavo imbarcando nottetempo in un viaggio di un'ora e mezzo per scapicollarmi a Roma a controllare che mio marito non stesse combinando qualche fesseria. A ristabilire l'ordine, se fosse stato necessario. Ché una sbandata come quella può stordire un uomo di brutto, specie poi se quest'uomo ha settantun anni e una considerazione di sé da far impallidire Narciso.

Basta una sola carta storta a far crollare un intero castello. Un due di picche come quello che la nostra ineffabile Giada Colonna aveva appena rifilato a Marco Valerio, per il mio castello, tenuto su a forza di buon viso e bocconi amari, poteva rivelarsi un terremoto devastante. Era compito mio metterlo in salvo, puntellandone la colonna portante con tutto il sostegno di cui aveva bisogno. Quello che, stoltamente, poche ore prima gli avevo negato.

In giro non c'era nessuno. Nei cinque minuti che avevo consumato ferma al bivio a placare la mia agitazione per la strada dei Bagni non era passata una sola macchina, quindi decisi che era piú sicuro evitare il solito percorso di strade statali, sebbene piú breve, e dirigersi verso Orte per imboccare l'autostrada. Tanto piú che l'indicatore del carburante segnava un'autonomia di novanta chilometri, il minimo indispensabile per raggiungere il primo autogrill senza tirare il fiato.

Accesi la radio, ma ridussi il volume quasi al minimo. I programmi d'intrattenimento, che in genere mi divertono, mi disturbavano. Per trovare un po' di musica che mi aggradasse dovetti cambiare rete una decina di volte, finché non scovai un canale nostalgico, di quelli che spaziano da Fred Bongusto a Gino Paoli passando per Ornella Vanoni.

La lucina che indicava la riserva si accese a un chilometro dalla prima area di servizio segnalata in quel tratto di autostrada. Era illuminata a giorno, ma sembrava deserta. Al secondo colpo di clacson, dal negozio di accessori per auto che esibiva il marchio del carburante uscí fuori un ragazzo di colore, intabarrato fin sopra il naso manco fossimo in pieno inverno. D'istinto sbirciai il cruscotto e mi accorsi che la temperatura esterna segnata era dieci gradi. Chiesi il pieno e nell'attesa mi diressi verso il bar. Ingoiai un caffè per tenermi sveglia, ma me ne pentii subito: ci mancava solo quello per aumentare le palpitazioni che mi flagellavano ormai da ore. Riprovai a chiamare i cellulari di Fernando e Consolación. Mentre stabilivo tra me e me che quei due avrebbero dovuto rendermi conto della loro latitanza, il mio ineffabile domestico finalmente rispose.

– Fernando! Ma dove siete? Sono ore che chiamo a casa e non risponde nessuno, – lo aggredii.

– Signora, scusa! Io visto ora le chiamate. A casa non ho potuto rispondere. Dottor Guerra ha detto di andarcene in camera nostra e restare lí –. Parlava a bassa voce.

– Perché bisbigli?

– Consolación dorme.

– Dunque, fammi capire: mio marito vi ha mandati via?

– Sí, signora, ha detto che non aveva bisogno di noi e potevamo anche uscire. Ma troppo tardi per uscire! Noi andati a dormire.

– Quindi il dottor Guerra è in casa?

– Penso sí, ma non sicuro. Luci di casa accese e la macchina di dottor Guerra è lí.

La loro stanza era in una zona di servizio, in tutto e per tutto indipendente dal resto. Ma se le luci erano accese e l'auto era lí, era probabile che ci fosse anche Marco Valerio.

Strano che mio marito avesse deciso di congedare i domestici proprio in quella sua, piú unica che rara, serata casalinga. Strano e preoccupante. Tanto preoccupante da farmi pentire di aver insistito per parlare con Fernando quando avevo ancora davanti quasi sessanta chilometri, che avrei percorso in preda all'ansia. E dovendo guidare non potevo nemmeno aiutarmi con uno dei rimedi farmacologici cui ricorrevo ogni volta che mi assaliva una crisi. Cosa che, nonostante tutto, negli ultimi tempi accadeva piuttosto spesso.

Dico «nonostante tutto» perché se un osservatore esterno mi sentisse si chiederebbe, probabilmente anche con un po' di stizza, cosa possa mai avere una come me da essere cosí ansiosa. Una considerazione piú che lecita, se attribuita alla quota parziale della mia vita cui gli occhi di tutti hanno libero accesso. E al ritratto di me che l'immaginario collettivo ha. Una bella signora ricca sfondata, placidamente installata da quasi mezzo secolo in una delle piú belle dimore parioline, con tanto di villone estivo ad Ansedonia e relativi trentacinque metri d'imbarcazione a Porto Ercole. Che quindi non dovrebbe avere nulla, ma proprio nulla di cui lamentarsi. Né motivo alcuno di sviluppare una qualsivoglia forma d'ansia. E pazienza per il figlio, che proprio bene non le è riuscito; o per l'indifferenza con cui il marito le sbatte in faccia un'amante senza troppi preamboli. Non si può pretendere tutto, no?

Anna Carla Guerra: in fondo l'ho sempre saputo che quel cognome altisonante non sarebbe stato a costo zero. Che Marco Valerio non era uno stinco di santo né mai lo sarebbe diventato, e che delle sue attenzioni non avrei mai avuto l'esclusiva se non, forse, quando sopraggiunti limiti d'età l'avrebbero reso inabile a giocare su piú fronti. Solo allora – se ancora in vita! – sarei rimasta l'unica.

Ma l'ansia non consente ragionamenti, e non produce azioni ponderate.

Per cinquanta minuti, il tempo che mi ci volle per arrivare a Roma e imboccare finalmente via di San Valentino, il presagio che qualcosa stesse per accadere non mi mollò neppure per un attimo. Inutile costringermi a pensare che stavo esagerando, che mio marito era l'uomo piú egoista della terra e che, pertanto, non avrebbe mai fatto niente d'insensato.

Il dubbio che pur di riconquistare quella troietta Marco Valerio potesse essere disposto a tutto non avrebbe smesso di assillarmi finché non fossi stata davanti a lui, non l'avessi guardato negli occhi e non mi fossi accertata che s'era rassegnato a voltare pagina. Del resto, per rimpiazzare Giada Colonna gli sarebbe bastato uno schiocco di dita.

Un paio di settimane e ogni cosa sarebbe rientrata nei ranghi.

Se soltanto...

Entrai a Roma con una facilità che giusto a quell'ora della notte di un giorno feriale. Flaminia, poi corso Francia. Poche auto, nessun passante. Imboccai la strada di casa con l'esaltazione di un corridore al traguardo, finché non arrivai in prossimità del muro di cinta ricoperto dal rampicante. Non so perché, ma all'improvviso rallentai fin quasi a fermarmi. Invece di arrivare al cancello, aprirlo ed entrare con l'auto, parcheggiai fuori. Non mi spiegavo il motivo di quell'impulso, ora so che era stato il mio sesto senso a dettarlo. La regola «Guerra», su cui s'era basato il mio quieto vivere in tutti quegli anni, era «Non fare mai sorprese se non vuoi rischiare brutte sorprese»; quella sera era tutto talmente surreale da farmi dimenticare quanto aurea fosse.

Non avrei mai immaginato che violarla per una volta mi sarebbe costato cosí tanto.

Stavo per scendere dalla macchina quando il cancello di casa si aprí. D'istinto mi abbassai dietro lo sterzo, abbastanza da poter vedere senza essere vista.

Marco Valerio uscí per primo. Cravatta slacciata, giacca aperta, sguardo rapito. Con lui c'era una donna. La traeva a sé, come per trattenerla. Lei si lasciava abbracciare, poi scuoteva la testa, gli sorrideva e faceva segno di doversene andare. La vedevo di spalle, non riuscivo a capire chi fosse. Guardavo stupita mio marito, che nel giro di mezza serata era stato capace di rimpiazzare il suo grande, tormentato amore. E me, che non ero scattata subito sull'attenti al suo richiamo e che, quindi, meritavo di essere tradita di nuovo. Camminarono allacciati lungo il marciapiede nella direzione opposta a quella in cui ero io, e si fermarono davanti a una Smart parcheggiata di traverso. Li sentivo ridere, come non credevo Marco Valerio sapesse fare. Una risata alticcia, da sbronza in atto, se non addirittura qualcosa di piú.

Lei si sedette sul cofano dell'auto e si piegò in avanti, la fronte appoggiata sul petto di Marco Valerio. Parlottando, ridacchiando. Avrei dato qualunque cosa per afferrare qualche parola e, soprattutto, per guardare in faccia quella giovane – questo era indubitabile – donna che era riuscita a tirargli su il morale.

Bastò una frazione di secondo, tra il momento in cui lei buttò la testa indietro e quello in cui lui le si spalmò addosso, baciandola. Un attimo e la riconobbi. L'ultima persona che mi sarei aspettata di vedere. La donna che appena poche ore prima aveva ridotto Marco Valerio talmente male da indurlo a chiedere aiuto addirittura a me.

E ora era lí. Davanti al cancello di casa mia, avvinghiata a mio marito che la guardava adorante.

– Dài, Marco! – protestò Giada, col tono di chi non vorrebbe ma deve andare.

Lo sguardo trionfante di chi sa quello che vuole. E sta per prenderselo.

D'un tratto iniziai ad avere le idee chiare. Non c'era bisogno di molta fantasia per intuire che quel saluto caloroso era la degna conclusione di quanto era già stato ampiamente consumato tra le mura di casa mia. Come prima di allora non era mai successo. Con nessuna e per nessun motivo.

Se Marco Valerio era arrivato a tanto, se aveva ceduto al punto di aprirle le porte di casa nostra, poteva voler dire una sola cosa: che Giada Colonna aveva saputo muovere le sue carte cosí bene da far saltare ogni regola.

Non mi posi troppe domande. Anzi, non riflettei nemmeno. Agii d'istinto. Appena Marco Valerio rientrò in casa misi in moto e partii. Attraversai mezza Roma di notte alle calcagna di una Smart che correva piú del consentito e che mi stava facendo sudare sette camicie per non perderla a ogni incrocio. Per un attimo mi assalí il dubbio che la Colonna mi avesse individuato e stesse cercando di seminarmi. Poi mi ricordai che non era possibile.

Ero a Viterbo, io. E lí ero rimasta.

Non sapevo dove stessimo andando, se a casa sua o da qualche altra parte. Da un altro amante, magari. Chissà, forse quello per cui aveva deciso di lasciare mio marito. Perché parliamoci chiaro: una cosí non lascia un uomo come Marco Valerio se prima non l'ha degnamente sostituito. Peccato solo che questa decisione fosse durata appena qualche ora. Cos'era successo, nel frattempo? Perché la situazione si era ricomposta?

Lungotevere Flaminio, ponte del Risorgimento, viale Mazzini. Svoltò a destra. Si fermò all'incrocio tra via degli Scipioni e una delle varie strade intitolate ai consoli romani, infilò la Smart di traverso in un posteggio riservato alle motociclette e scese. Calcolai che se volevo intercettarla dovevo farlo subito, prima che sparisse dietro qualche portone nel quale a quell'ora di notte non sarei mai riuscita a introdurmi. Mollai l'auto tra le strisce pedonali e uno spazio riservato ai disabili, e saltai fuori.

Giada era ancora lí. Camminava lungo il muro lentamente, gli occhi fissi sul telefono. Si fermò davanti a un portone e si voltò. Tirò fuori le chiavi dalla borsa e fece per inserirle nella toppa. Era quello il momento di palesarmi. Ora o mai piú. Stavo per uscire dall'ombra quando il suo telefono squillò.

– Ohi, – rispose. Capii subito chi era. – Sí, sono arrivata. Stavo per scrivertelo, – rise. Poi: – Allora ci tieni tanto a me? – chiese, con l'aria di chi si sta divertendo un mondo.

Ascoltò per un paio di minuti.

– Ma no che non ne dubitavo! Non dopo stasera... – rise di nuovo. Ancora una pausa, poi: – No, Marco, stai tranquillo che non cambio piú idea.

Passò il telefono all'altro orecchio, infilò la chiave nella toppa.

– Dài, salutiamoci, ché sto entrando nel portone e si perde la linea.

Non sentii il resto, ma poco importava.

Fermai il portoncino di legno appena in tempo prima che si chiudesse e la raggiunsi davanti a un vecchio ascensore con le cancellate di ferro.

Giada si voltò di scatto.

– Ma... – mi fissò, stupita. – E lei che ci fa qui?

Nessun preambolo, nessuna incertezza nel mostrarmi che sapeva perfettamente chi fossi. E che non poteva fregargliene di meno.

Le tesi la mano. – Buonasera, Giada –. Percepii nella sua stretta una breve esitazione, che mi diede la spinta a continuare sulla strada delle buone maniere. Buonasera, signorina, sono Anna Carla Guerra, la moglie dell'uomo con cui scopa da piú di un anno. Cosí avrei voluto presentarmi.

– Sono Anna Carla Guerra, – mi limitai a dire. Con un accenno di sorriso.

– Chi è lei lo so, – ribadí Giada. – Quello che non so, e che vorrei mi spiegasse, è cosa ci fa qui. Com'è entrata?

– Sono entrata insieme a lei. Non mi ha visto?

– No, non l'ho vista. Quindi mi stava seguendo?

– Diciamo che ho cercato di capire dove stesse andando, in modo da poterla incontrare.

L'ascensore arrivò.

– Mi dispiace ma sto rientrando a casa dopo una lunga giornata e sono un po' stanca per fare nuove conoscenze. Magari un'altra volta.

– Ma io non sono una nuova conoscenza. In fondo, condividiamo parecchie cose io e lei. Mio marito, prima di tutto.

– Cosa vuole da me? – andò al sodo.

– Niente di che. Vorrei parlare un po' con lei. Sa, dopo stasera comincio a essere piuttosto confusa. Credo che un confronto aperto tra noi due sarebbe utile –. Non so come, ma riuscii persino a sorriderle di nuovo. D'altronde, tutti quegli anni di rapporti sociali grondanti ipocrisia qualcosa dovevano pur avermi insegnato. Sorridere sempre, anche quando preferiresti polverizzare chi ti sta davanti. – Per entrambe, – aggiunsi.

– E cosa dovremmo dirci, lei e io?

– Non lo so. Una semplice chiacchierata per chiarirci un po' le idee.

Giada mi soppesò con lo stesso sguardo irritante che avevo intercettato davanti al cancello di casa mia. Fiero. Sardonico almeno quanto in quel momento doveva esserlo il mio.

– Se ci tiene...

Aprí la porta dell'ascensore e mi cedette il passo.

Durante la salita mi accorsi che il suo telefono s'illuminava di continuo. Lei sbirciava il display, ma evitava accuratamente di leggere i messaggi.

– Immagino che mi abbia seguita da quando sono uscita da casa sua, – disse.

– Molto sagace, – risposi.

– Marco Valerio la credeva fuori Roma.

– Infatti ero fuori Roma, – scandii quell'«ero» cercando di enfatizzare il tono.

Uscí dall'ascensore e andò verso la porta di destra. La aprí e accese le luci.

Senza aggiungere una parola, mi sbatté in faccia quello che doveva essere il luogo in cui Marco Valerio l'aveva incontrata in tutti quei mesi. Se addirittura non gliel'aveva messo su lui. A giudicare dall'arredamento, dalla pretenziosità di certe rifiniture, dalle opere d'arte su cui inciampavi a ogni piè sospinto, per poterselo permettere Giada Colonna avrebbe dovuto essere lei in prima persona una gallerista, e pure di livello. Per non parlare del quartiere, di certo non il piú economico di Roma.

– E allora che ci faceva a casa sua? – chiese, riprendendo la discussione. Braccia conserte, piedi incrociati. Denudata del trench lungo che indossava fino a un attimo prima, addosso le rimaneva ben poco. Uno sfoggio impudente delle armi con cui intendeva combattere il duello cui, evidentemente, si sentiva sfidata.

Mi domando ancora adesso se non fosse davvero quello il significato recondito del faccia a faccia che le avevo proposto. Se piombare lí e imporle di affrontarmi non fosse stato un po' come un guanto sbattuto in faccia. Voglio soddisfazione, signorina.

L'aria sfottente, il corpo perfetto esibito quasi senza veli. Se non avessi avuto tutta l'intenzione di mantenere la calma e di non perdere l'ultimo scampolo di razionalità sopravvissuto a quella serata, l'avrei schiaffeggiata davvero. A mani nude.

Mi concedetti un sogghigno. – Pensa davvero che debba giustificarmi con lei per essere tornata a casa mia?

– Con me? No di certo. Con suo marito, forse –. Fece strada verso il centro della stanza, girando intorno a un tavolino a scacchi bianchi e neri che faceva da base a una strana scultura. Con noncuranza, come se mi stesse gentilmente concedendo il suo tempo, si mise a contemplare un quadro appoggiato alla parete.

– Con mio marito? E perché mai? È stato lui stesso a chiedermi di tornare a Roma, appena poche ore fa. Già, ma, probabilmente, lei non lo sapeva –. La raggiunsi davanti al quadro, che mi era familiare anche se non ricordavo dove l'avessi visto. – E comunque non è di questo che dobbiamo parlare.

Giada si voltò.

– Certo che lo sapevo. E so anche come lei gli ha risposto.

La fissai con uno sguardo che non dovette sembrarle benevolo, tant'è che d'istinto si allontanò.

– Sa pure il motivo per cui Marco Valerio mi aveva chiesto di rientrare? – le chiesi.

– Sí, so anche quello.

– Capirà allora che mi abbia quantomeno stupita vederla poche ore dopo di nuovo insieme a lui, come se fosse la cosa piú naturale del mondo. Cos'è? Un pentimento dell'ultima ora, o un cambio di programma inaspettato? Mi faccia indovinare: mio marito ha tirato fuori argomenti cosí convincenti da indurla a tornare di corsa tra le sue braccia d'oro.

– Argomenti come questo, per esempio? È un dipinto molto importante, – indicò il quadro appeso alla parete. – Me l'ha regalato Marco Valerio.

Lo osservai con piú attenzione e mi ricordai all'improvviso dove l'avevo visto. Nell'ufficio di Marco Valerio, in Fondazione, qualche tempo prima. Era relegato in un angolo, appoggiato a una parete. Pochi giorni dopo non c'era piú. Ecco che fine aveva fatto.

Si fermò, alzò gli occhi, la mano sul mento. Scosse la testa. – No, niente da fare, – aggiunse, – è stato qualche settimana fa. Quindi non può essere questo l'argomento *convincente* di stasera.

Si stava divertendo con me, la carogna. Sentivo la rabbia bruciare sempre di piú, ma non dovevo darlo a vedere. Racimolai tutto il self-control che m'era rimasto.

– Naturale. Sono sicura che il regalo di stasera è stato ancora piú *importante*. Mio marito non bada a spese quando vuole ottenere qualcosa, specie se pensa che possa sfuggirgli di mano. Mollare non è nel suo stile. Almeno finché non sarà lui a decidere che questo qualcosa non gli serve piú. Ma lei ormai dovrebbe averlo intuito, no?

Aveva un'espressione indecifrabile.

– Ci sono molti tipi di regalo, sa? C'è quello materiale, come questo quadro, – si voltò, indicò la statua sopra il tavolino, una sorta di giocoliere con tre palle di bronzo in mano, – o come quella scultura, le piace? È un pezzo costoso. O magari un gioiello. E poi ci sono i regali immateriali. Quelli che valgono piú di tutti, – sospirò. – Eh, sí: ci sono promesse che se mantenute valgono piú di qualunque opera d'arte. Veri e propri pegni d'amore.

Non capivo a cosa si riferisse. Ma quelle parole, dette quasi con sarcasmo, mi suonarono in testa come un campanello d'allarme. Piú indecifrabili dello sguardo che continuava ad accompagnarle.

Non volevo che Giada si accorgesse di avermi confusa. Ero stata io a volerle parlare, dovevo essere io a condurre il gioco. E stavo perdendo la pazienza.

– Senti, ragazzetta, non sono venuta fin qui per sentirti blaterare di promesse e di sentimentalismi patetici. Dimmi a che gioco stai giocando con mio marito.

– Gioco? – si mostrò stupita.

– Non fingere di cadere dal pero. Un momento prima insceni un abbandono in grande stile, e un momento dopo ti ributti tra le sue braccia. Che cos'è: un modo astuto per estorcergli di piú? È questo che intendi fare? Tirare la corda ogni volta cosí lui, pur di recuperare il suo giocattolo, sgancerà tutto quello che vuoi?

– Sei davvero convinta che Marco Valerio mi consideri un giocattolo?

Le risposi con una risata forzata. – Non ne ho il minimo dubbio!

Ma la realtà era un'altra. Sapevo con certezza che Marco Valerio aveva considerato come un passatempo tutte le sue amanti. Tutte, tranne Giada Colonna. E il solo intuirlo mi faceva gelare il sangue. Peggio: mi faceva uscire di senno. Talmente tanto da essere lí, davanti a quella sfacciata che stava cercando di ferirmi come poteva.

– Tu non sai niente di quello che c'è davvero tra Marco e me, – disse, con aria seria, quasi di sfida. Si buttò su una sorta di pouf, le gambe nude accavallate, poggiata su un gomito.

– Ah sí? E sentiamo: cosa potrà mai esserci di speciale tra un uomo di settant'anni, che nella sua vita ha collezionato decine di donne, e una come te?

– Sul serio te lo chiedi, Anna Carla? Apri bene gli occhi e guardami. Pensi che un uomo come Marco possa resistere davanti a questo? Alla possibilità di essere l'unico a beneficiarne? Non lo conosci, allora. Perché se lo conoscessi bene sapresti che c'è una sola cosa che lo intriga piú dell'ottenere quello che tutti vorrebbero e non possono permettersi, ed è la possibilità di averne l'esclusiva. Senza contare poi lo sbandamento di ritrovarsi innamorato a settant'anni... O non te n'eri accorta, che il tuo maritino è innamorato perso di me?

Era agghiacciante rendersene conto, ma era vero.

– Dunque l'amato bene per cui mio marito sarebbe disposto a lottare, pur di conservarlo solo per sé, saresti tu?

– Cosa c'è, ti rode ammettere che Marco Valerio ha perso la testa per me?

– Niente affatto. C'è un limite oltre il quale Marco Valerio non andrà mai, e se tenti di forzarlo sarai la prima a pagarne le conseguenze.

– Ah sí, Anna Carla? – Si avvicinò a me. – Fossi in te non mi crogiolerei troppo in queste convinzioni. Quello che può passare nella testa di un uomo che sa di avere in mano le ultime cartucce da sparare non è mai troppo prevedibile. Specie se all'improvviso gli si prospetta davanti la possibilità di godersela alla grande. E magari per l'intera vita che gli resta.

La fissai con tutto il disprezzo che potevo.

– Ma smettila. Tra qualche anno non sarà in grado di godersela nemmeno con venti scatole di pillole. E di una come te non saprà piú che farsene.

– Ti consiglio di guardarti allo specchio, prima di parlare. Puoi tenerti su quanto vuoi, ammazzarti di palestra, tirarti le rughe anche fin sopra le orecchie, ma altro che di pillole avrebbe bisogno Marco Valerio per venire con te, se mai ancora ne avesse voglia! – rise. – Con me, credimi, non ne ha bisogno.

Le afferrai un braccio. – Non ti permettere. Marco Valerio è mio marito, e resterà mio marito. E tu non sarai altro che una sgualdrina con cui si è divertito. Io sono l'unica donna da cui lui non si allontanerà mai.

Si divincolò per liberarsi. Si alzò in piedi. – Perché? Perché altrimenti il tuo paparino gli chiede indietro i soldi che ha dovuto sganciare per farti diventare la signora Guerra? Non credo che tu sia cosí ingenua da non sapere che Marco Valerio ha le possibilità per liquidare te, tuo padre e tutto l'impero dei cessi Santucci senza fare una piega.

– E per chi dovrebbe farlo, per te? Una puttanella con aspirazioni da artista che se lo tiene nel letto per puro interesse, e che aspira solo ad arrampicarsi nel mondo che conta?

– Sempre meglio di una borgatara arricchita, incapace persino di allevare un figlio come Dio comanda.

Sentii un urto nel petto, come se qualcosa si fosse staccato di colpo. Il tappo saltato via. L'argine rotto.

– Non t'azzardare mai piú a nominare mio figlio, – urlai.

– Per carità! Guai a toccarlo, Lorenzo Guerra delle mie tasche. Quella zecca malata, che si sente un cazzo e mezzo mentre non è niente, un buono a nulla. Ma se non lo sopporta nemmeno suo padre!

Non avevo mai provato un odio piú profondo. Rabbia e odio. Viscerale, incontenibile.

– T'avverto, Giada Colonna: stai al tuo posto, e non t'immischiare in questioni di famiglia che non ti riguardano. Altrimenti ti giuro che finisce male.

– Ma che giuri, tu? Cosa giuri? – si fece avanti con l'aria di chi è sicuro di aver già vinto. – Non l'hai ancora capito che io riesco a ottenere da Marco Valerio qualsiasi cosa. Che posso prendermi il tuo prezioso nome, la tua preziosa posizione. Che posso dargli un altro figlio –. S'allontanò di un passo, il dito puntato verso di me. – Preparati, Anna Carla Santucci, perché non sarai la signora Guerra ancora per molto.

Rimasi annichilita mentre lei si voltava verso il quadro, dandomi le spalle.

Le mani mi tremavano, il terrore mi stava soffocando. Ero in preda all'odio, quell'odio violento che spazza via qualunque pensiero razionale.

Fu un attimo. Allungai la mano sulla statua del giocoliere, afferrai una delle palle di bronzo e gliela scagliai in testa.

Non mi resi neppure conto di quello che avevo fatto. Mi sembrava che potesse ancora parlare, inondarmi di nuovo con un fiume di parole spietate. Minacciose. Finché non mi accorsi del silenzio assoluto che era calato intorno a me. Un lago di sangue si andava espandendo sotto di lei. Mi avvicinai lentamente, mi chinai e la rivoltai fino a guardarla in faccia. Gli occhi sbarrati, quasi stupiti, sembravano fissarmi.

Non trionfavano piú.

Scappai via da quell'appartamento con la furia di chi si sente il fuoco alle spalle, assalita dal panico che mi scuoteva le mani, mi piegava le gambe, mi impediva di pensare con lucidità. M'infilai nell'ascensore e ne uscii al piano terra, talmente in fretta che inciampai sul dislivello che s'era creato tra la cabina e il bordo del pianerottolo. Mi rimisi in piedi e volai verso il portone d'ingresso. Poi di corsa lungo il marciapiede fino al rifugio sicuro dell'auto. L'accesi e partii. Guidai alla cieca, senza una meta precisa, purché fosse lontana. Lontana da quella strada, da quel palazzo, da quell'appartamento maledetto in cui non sarei mai dovuta entrare.

Mi ritrovai sul Lungotevere. Senza capire in che direzione stessi andando ne percorsi un lungo tratto. Andavo veloce, cosí veloce che non mi accorsi di un paio di semafori rossi. Il cuore in gola, la mente obnubilata dal terrore incoerente che qualcuno mi stesse braccando. Che lei mi stesse braccando. Una corsa sconsiderata verso il nulla, che si concluse con una frenata un secondo prima di finire contro un guardrail.

Mi fermai in uno spiazzo e scesi dall'auto. Scossa, ma improvvisamente lucida. L'istinto che aveva mosso il mio piede sul freno salvandomi dall'andare a sbattere mi aveva anche ricondotto a me.

Mi guardai intorno: non avevo idea di dove fossi.

Strinsi le mani intorno alla testa, che pulsava dolorosamente. D'un tratto cosciente di ciò che avevo fatto. Della sua gravità. Delle conseguenze che avrei subito.

Avevo ucciso una persona. Non in modo volontario, certo, esasperata dalla raffica di colpi bassi che stavo ricevendo e che avrebbe fatto uscire fuori di testa chiunque... ma l'avevo fatto. Io, Anna Carla Santucci, avevo ucciso l'amante di mio marito.

Il terrore di perdere da un momento all'altro il controllo di Marco Valerio, e della mia vita insieme a lui, mi aveva portato a perdere il controllo di me stessa.

D'istinto mi guardai le mani, ancora guantate sin da quando ero uscita dalla mia stanza all'albergo delle terme. Controllai i vestiti: intonsi. Le scarpe appena un po' impolverate dal pietrisco del parcheggio. Non mi capacitavo di come fosse possibile che non avessi addosso una sola macchia di sangue.

Un'auto rallentò e si fermò.

– Ahó, – fece il tipo alla guida, – c'hai un'età ma ammazza come sei raffinata. Quanto prendi, bella signora?

Lo fissai un attimo, incredula. Grosso, rubizzo, catena al collo. Avrà avuto come minimo una settantina d'anni. Risalii in macchina e partii a razzo prima che il mio aspirante cliente potesse anche solo ipotizzare di venirmi dietro.

Sbucai sul raccordo e rallentai.

Iniziai a ripercorrere mentalmente le ultime ore. Il senso di nausea nel vedere Marco Valerio avvinghiato alla sua amante davanti al cancello di casa nostra, esaltato dal rinnovato idillio. L'inseguimento per le strade di Roma, e tutto quello che era accaduto poi, attimo dopo attimo, fino all'atto conclusivo di quella tragica operetta. La mia mano che scaglia la palla di bronzo del giocoliere con tutta la violenza di una rabbia incontrollabile.

Ma dopo? Che avevo fatto? Quante tracce di me avevo lasciato mentre fuggivo in trance da quell'appartamento maledetto? Quante possibilità avevo di non finire in galera per omicidio?

Benedetto il freddo della notte, che mi aveva costretto a indossare i guanti. Almeno non avevo lasciato impronte. I miei vestiti erano puliti, e anche quando non lo fossero stati... era il meno. Avrei trovato il modo di farli sparire. Avevo calpestato il sangue? Le mie scarpe avevano lasciato impronte?

Avevo, come si dice nei film, un alibi?

Allora, solo allora, ricordai un particolare fondamentale, che mi tirava fuori dai giochi. L'alibi di ferro cui dovevo aggrapparmi con tutte le forze.

Quella notte la signora Anna Carla Guerra era a Viterbo. Con due amiche che la credevano a dormire nella sua stanza e avrebbero messo la mano sul fuoco che non si fosse mai mossa da lí.

Quella sera io ero alle Terme dei Papi. Tutto ciò che dovevo fare subito, senza perdere altro tempo, era tornarmene lí. Di volata.

Ci sono momenti in cui mi chiedo se in qualche modo Marco Valerio abbia intuito come sono andate le cose e se, in realtà, stia cercando di evitare che il commissario Brandi arrivi a me. Ci ragiono sino allo sfinimento, ma la conclusione cui giungo è sempre la stessa. Io non c'ero. Anzi meglio: m'ero rifiutata di esserci. Me n'ero rimasta a

Viterbo, a trastullarmi con le mie amiche, lasciandolo solo a tormentarsi tra le mura domestiche come non aveva mai fatto in vita sua.

A conti fatti, la mia defezione doveva essergli parsa perfino provvidenziale, dato che di lí a breve l'artefice del suo struggimento s'era ripresentata a lui, pentita e determinata a colmare il vuoto che sconsideratamente gli aveva lasciato. Nell'anima e nel letto.

E se invece avessi deciso di tornare a Roma nel momento in cui me l'aveva chiesto? Con me qui, tornata dalla vacanza apposta per lui, il rendez-vous con la sua amata prontamente ravveduta sarebbe stato inattuabile. Il problema rimandato, ma non risolto. Giada Colonna sarebbe riapparsa comunque e poco per volta, passo dopo passo, avrebbe lavorato ai fianchi Marco Valerio per arrivare a ottenere da lui tutto quello che voleva.

La Circe. La manipolatrice capace di rigirarsi un uomo tra le dita.

Ma era davvero cosí? Ora non ne sono piú convinta. Perché se quello che Giada Colonna sosteneva era vero – e per mia fortuna non lo saprò mai – della tempesta che si sarebbe abbattuta su di me e sulla mia vita aurea non sarebbe stata lei l'unica responsabile. L'idea che gli uomini siano dei poveri idioti manovrabili non mi è mai piaciuta e non ci ho mai creduto. Se un uomo prende una decisione come quella di sovvertire la sua vita per una donna, lo fa perché vuole farlo. Se Marco Valerio fosse arrivato a lasciarmi e a mettersi accanto una nuova signora Guerra, la colpa sarebbe stata sua almeno quanto lo era di Giada Colonna. Senza contare che, se quella ragazza si sentiva in diritto di insultare mio figlio, era solo perché lui, con il disprezzo che non si curava di dissimulare, con l'avversione che mostrava nei confronti di Lorenzo, le aveva consentito di farlo. Ed è forse questa la colpa che piú di ogni altra non riesco a perdonargli.

Mi guardo allo specchio e mi chiedo se sia normale che io non provi un briciolo di rimorso. Una ragazza di ventotto anni, morta per mano mia; mio marito, che invece di cercare l'assassino della donna che amava ha deciso di sollevarlo dalla colpa caricandola su di sé. Proprio lui che Giada l'aveva appena ritrovata e non avrebbe mai alzato un dito su di lei. Come se, chiunque fosse stato a ucciderla, per lui non cambiasse nulla.

Ha un senso tutto questo?

Lorenzo non si è piú mosso da Roma. Enrico Marini Taddei è riuscito a fargli incontrare Marco Valerio, e da quell'incontro lui ne è uscito sconvolto. Non ho idea di cosa suo padre gli abbia detto, però so che il colloquio tra loro è stato lungo, al limite del consentito. E che da quel momento mio figlio non mi ha piú lasciato.

La Fondazione Guerra e tutti gli affari a essa collegati sono ricaduti di colpo sulle mie spalle, ma la cosa non mi spaventa. D'un tratto mi rendo conto che molti business di Marco Valerio sono quelli che io negli anni gli avevo consigliato di intraprendere. Non trovo difficile occuparmene, eppure l'idea che Lorenzo, a modo suo, voglia essermi vicino mi dà una serenità mai provata prima. Come se finalmente potessi godermi in pace quello per cui ho lottato tutta la vita, e che per un pelo ho rischiato di perdere.

Chissà che penserebbe se sapesse la verità. Che la vera colpevole del delitto di cui suo padre s'è fatto carico è sua madre. Capirebbe che quello che ho fatto l'ho fatto anche per lui? Per non mettere in pericolo la sua posizione, per difenderlo dalla valanga di meschinità da cui rischiava di venire travolto. Spazzato via.

Forse ognuno di noi ha un punto fermo nella propria vita, da cui non può prescindere e che farebbe qualunque cosa per salvaguardare. Un limite di tolleranza superato il quale prevale l'autoconservazione e ogni cosa diventa lecita.

Quello che so è che per la prima volta tutto dipende esclusivamente da me. La mia vita, il mio lavoro, il rapporto con mio figlio e il mio nome: quel Guerra acquisito che neanche l'onta della galera di mio marito riuscirà a adombrare.

– Temo che se non compariranno a breve nuovi elementi il giudice finirà col pronunciarsi –. Enrico Marini Taddei non nasconde piú di considerare quella di Marco Valerio una causa persa. Non lo ammetterà mai, ma credo addirittura che cominci a ritenerlo davvero colpevole. Sempre che non l'abbia pensato sin dall'inizio.

– Il commissario Brandi l'hai sentito? – gli chiedo.

– Sí. Anche se la notorietà che gli ha dato l'aver arrestato Marco Valerio Guerra non credo gli lasci granché tempo per indagare oltre. Oddio, qualcosina cerca di fare, ma ogni volta si rivelano false piste. La verità, Anna Carla, è che l'impianto autoaccusatorio costruito da tuo marito è talmente inattaccabile da rendere inutile qualunque ricerca. Se Brandi non fosse il tipo tosto che credo sia, a quest'ora avrebbe già mollato. E non escludo che ormai abbia deciso di farlo.

Lorenzo alza gli occhi dal piatto di minestra che ha chiesto in sostituzione dell'immorale arrosto di vitello che campeggia nel mio piatto e in quello di Enrico.

– Quanto gli daranno? – domanda.

– Non lo so. Tuo padre non è abbastanza vecchio per evitare il carcere, e il reato che gli si ascrive è quello di omicidio volontario. Il peggiore. Certo, è reo confesso, e questo magari attenuerà la pena, ma non sarei troppo ottimista.

– Creperà in galera, insomma.

– Detta in modo crudo... potrebbe essere cosí.

Evito di commentare.

Non vedo il commissario Brandi dal giorno in cui è venuto a interrogarmi, ma il suo sguardo non l'ho dimenticato.

Ogni tanto mi capita di ripensare a quella sera, di tirarne fuori il ricordo dal recesso della mente in cui l'ho relegato per tenerlo al riparo da qualunque rigurgito di coscienza. Ripercorro le mie azioni, alla ricerca di un'eventuale falla che potrebbe incastrarmi.

Una l'ho individuata.

Se mai Brandi dovesse decidere davvero di indagare a trecentosessanta gradi sull'omicidio di Giada Colonna sono certa che inizierebbe da me. E basterebbe quella falla a riaprire i giochi. Oppure il commissario potrebbe fermarsi qui, a godersi la ribalta che questo caso gli ha regalato. Non mi è dato saperlo.

Mentre verso il caffè a Enrico Marini Taddei, penso che i fatti alla fine mi stanno dando ragione, e che la storia si chiuderà qui. Nessuno mai indagherà su di me, nessuno si curerà di accertarsi che io sia rimasta davvero a Viterbo tutta la notte, nessuno riaprirà mai i giochi. Brandi ha scelto la via piú facile, se mai ha avuto un dubbio su di me, rimarrà tale per sempre.

Ne sono ancora sicura quando il citofono suona.

– Spero non sia nessuno dei vostri pseudo-amici che fanno la fila per fingere di consolarci, – dice Lorenzo, pronto ad alzarsi e a sparire nella sua stanza, come ogni volta.

Sento Consolación che risponde, chiede se il cancello si è aperto. Ciabatta verso l'ingresso, apre la porta. Poi torna indietro, viene in salotto, dove Enrico Marini Taddei sta per congedarsi, convinto anche lui che presto qui ci sarà gente.

– Signora!

– Che succede, Consolación? Chi è?

Si asciuga le mani sul grembiule, agitata.

Mi comunica che giú c'è il commissario Brandi.

E che vuole parlare con me.

6.

Il commissario Brandi

Niente nomi, su questo cancello azionato da un invisibile meccanismo elettronico. Pigio l'unico pulsante, alzo lo sguardo e rivolgo un sorriso ironico all'occhio della videocamera di sorveglianza. La sera del fatto risultava attivata, come ha accertato la Baldoni. Purtroppo l'hard disk era stato sostituito il mattino successivo. Quando è venuto a saperlo, il Pm Felicisanti ha gongolato: un altro tassello che va ad aggiungersi al mosaico della colpa, un altro chiodo nella trave che crocifiggerà Marco Valerio Guerra. Vorrei condividere tanta sicurezza. Il fatto è che concordo con lui su un unico punto: l'hard disk dev'essere stato distrutto per ordine di Guerra. Ma non per la ragione che il Pm ipotizza: occultare l'incontro con Giada Colonna. Per quanto possa apparire logico e in linea con la confessione, non è questo il motivo. Del resto, ho anch'io le mie certezze. La semplicità, la linearità del caso, in fondo risolto in pochi giorni, non è che un'apparenza. Un legame molto piú oscuro, quasi perverso, legava la vittima e il suo carnefice, sia il presunto sia il reale. Un vento malato che li ha sospinti tutti sull'orlo del baratro, e da lí, con il suo soffio impetuoso, li ha carezzevolmente accompagnati nella caduta.

– Desidera?

– La signora Santucci, per cortesia.

– Chi è lei?

– Sono il commissario Brandi.
– Un momento, prego.
Quel vento malato ha un nome e un cognome che paiono star bene a tutti: Marco Valerio Guerra. Anche a me, mi dico, mentre con un sommesso ronzio il cancello si spalanca, mostrando il viale d'accesso alla dimora un tempo occupata da Guerra, anche a me sta bene questa soluzione raffazzonata eppure tanto... come definirla... universalmente condivisa? È un bel punto interrogativo, la questione delle questioni. È stata Laura, la mia capa, a scoperchiare il vaso, non piú tardi di un paio di giorni fa. Mentre percorro il cammino di pietre perfettamente squadrate che conduce all'ingresso padronale la rivedo con il corpo tonico fasciato dal lenzuolo di seta nera, lo sguardo corrucciato, la sigaretta che, dopo l'amore, le piace fumare con aggressiva determinazione, puntata contro di me come l'indice di un inquisitore.
«Tu non gli credi, vero?»

Laura è rientrata da Edimburgo per non perdersi il gran finale. Ci siamo visti da lei per un saluto prima del briefing con il giudice Felicisanti. Sono stato io a invitarla, precedendo la telefonata del magistrato. Una piccola premura che non è passata inosservata. Conosco bene la sua suscettibilità, e so che avrebbe considerato l'omissione un'offesa personale. D'altronde, nel rapporto che ci lega – non ho mai amato il termine «storia», cosí superficiale e presuntuoso – abbandono, desiderio e una quota innegabile di reciproco opportunismo convivono in perfetta, mutua armonia. Il piacere che ci scambiamo è sincero, e a tratti raffinato; Laura è una donna esperta, consapevole dei propri punti di forza e sanamente imperiosa. Come funzionaria di alto livello offre costante copertura a certe mie... lei ama definirle «divagazioni»... insomma, non mi ha mai gettato in pasto al branco degli invidiosi quando ho imboccato sentieri periferici che la maggioranza considerava perdite di tempo, e ha sempre saputo placare i lupi alternando blandizie e colpi di frusta. Dal mio canto, l'ho ripagata con una serie innegabile di successi professionali che ho avuto cura di condividere, facendo in modo che risaltasse la sua capacità di organizzare il «team» adatto, lasciandole il merito di operazioni che erano solo ed esclusivamente il frutto delle mie qualità investigative. Che genialità, dottoressa Santirocchi, tutti pensavamo che Brandi stesse annaspando nel buio, e invece lei lo aveva spedito sulla pista giusta! Un grande capo si riconosce anche dall'abilità nel circondarsi di validi collaboratori e di stimolarne la crescita. Un perfetto gioco di squadra che il caso della Piccola Fiammiferaia – è cosí che se ne parla su social e media – dovrebbe definitivamente consacrare.

Com'era naturale, siamo finiti a letto. Con l'urgenza imposta dallo scarso tempo a disposizione e, da parte sua, un'innegabile euforia da vittoria: la testa di Guerra è la tacca piú ambita sulla pistola di qualsivoglia sbirro degno di questo nome. Quanto a me, mi sono comportato come l'occasione richiedeva, ma alle sue sensibilissime antenne non sono sfuggiti certi piccoli dettagli che deve aver trovato irritanti: una vaga insofferenza nei preliminari, una generale distrazione, la fretta nel concludere. Ha capito benissimo che non stavo aspirando l'odore di trionfo del napalm, e me lo ha fatto notare.

– Che succede, Davide?

Mi sono stretto nelle spalle.

– Niente, va tutto bene. Ti faccio un caffè?

Laura ha scosso la testa e si è accesa la sigaretta. Ho cominciato a rivestirmi, piú che altro per sfuggire al suo sguardo. Da quando ho raccolto la confessione di Guerra un'oscura nube avanza all'orizzonte. Ha la consistenza di un peso sul diaframma, di un respiro mozzato, di un improvviso tumulto nel cuore della notte. Ha a che vedere con l'uomo Marco Valerio Guerra. Un manipolatore dagli occhi di ghiaccio, uno squalo di leggendaria possanza che infine ammette di essere stato manipolato dal sentimento. Qualcosa in me si è rifiutato sin dal primo momento di credere alla sua sincerità. O, meglio, Guerra a tratti è apparso sincero, a tratti apertamente beffardo. Come se... come se mi stesse lanciando una sfida. Padrone sino all'ultimo, anche di decidere del proprio ergastolo. Sí, lo ammetto, davanti a Guerra ho ragionato come davanti al cadavere di Giada. Per intuizione. Io che so quanto sia pericoloso, per un investigatore, «intuire», cioè illudersi di vedere oltre, con il rischio, altissimo, di perdersi ciò che sta in primo piano, che balza all'occhio. La verità basilare che spesso, quasi sempre, è l'unica verità possibile. Il corpo scomposto di Giada mi ha immediatamente evocato amore e odio. Non il freddo interesse, ma il calor bianco dei sentimenti distorti. La confessione di Guerra sarebbe la conferma perfetta. Eppure non sono convinto, non lo sono affatto. Dovrei manifestare le mie perplessità con Laura? In questo momento formiamo la coppia investigativa piú acclamata. Guerra si è dichiarato colpevole, sembra agognare l'espiazione. Siamo tutti d'accordo. Perché sollevare dubbi? Ma Laura aggrotta la fronte e fa segno di no.

– Tu non gli credi, vero?

Sono dunque tanto trasparente, o il tempo trascorso insieme ha affinato la sua capacità di leggermi dentro?

Negare sarebbe sconveniente, e oltretutto non gliela darei a bere.

– La confessione è troppo generica.

– Le confessioni si adattano, tesoro, – sospira. Poi spegne la sigaretta, scalcia via il lenzuolo e va a tuffarsi sotto la doccia.

Un folto drappello di giornalisti cinge d'assedio l'ufficio del procuratore della Repubblica, al quarto piano del palazzo della procura. Non mancano giovanissimi blogger. Mi apro la strada distribuendo larghi sorrisi e nel passare accanto a Tagliaboschi faccio segno con il pollice di guardare alle mie spalle. Il Pm e Laura si sono piazzati fianco a fianco, davanti al distributore di finto caffè e altre amenità sotto forma di bevanda edulcorata, e si preparano a cinguettare con la stampa. È giusto che siano loro, che tanto amano questo rito, a farsene carico. Fra un po' li raggiungerà il procuratore in persona. Una segretaria mi fa cenno di entrare. Rubei e la Baldoni sono già dentro. E c'è anche Ascanio, riammesso in squadra a furor di popolo: è giusto che un po' di merito vada anche a lui. È proprio il mio ruvido sottoposto il primo a venirmi incontro, mi stringe in un abbraccio di orso, poi mi squassa la mano con la sua stretta possente, infine mi deposita sulla guancia un bacio tabaccoso che avrei volentieri evitato.

– Dotto', e che cazzo! L'amo messo a pecora, quer pezzo de merda!

Rubei china il capo, sfoderando un insospettabile rossore da educanda. La Baldoni mi squadra con un'occhiata indecifrabile. Dipenderà, mi dico, dal fatto che non ho risposto alle sue ultime chiamate. Mi scuserò dopo. Ora ho problemi piú urgenti. Devo decidere se esternare o no i dubbi che mi attanagliano. Mentre raggiungevamo in macchina il tribunale, Laura mi ha fatto capire in modo inequivocabile che questa volta non si schiererà dalla mia parte. E che Felicisanti non tollererà intoppi sul cammino glorioso dell'inchiesta della sua vita. Il clima nell'abitacolo rasentava la dichiarazione di guerra. Francamente, del giudizio del Pm me ne infischio. Da una guerra con Laura, invece, uscirei perdente. La mia posizione non è ancora cosí solida da potermi permettere uno scontro a viso aperto. E poi ci sono i ragazzi, Ascanio, la Baldoni, Rubei. Mi rendo conto di non aver mai pensato a loro come «la mia famiglia». Lascio volentieri ad altri la retorica dello spirito di corpo, con tutte le mistificazioni che ne seguono. Ma è un dato di fatto che loro credono in me, si fidano. Detesto deluderli. Però è anche giunto il momento di confessare a me stesso che sarebbe molto peggio deludere Giada. Allora sí che mi detesterei. E non potrei perdonarmelo. O forse sí? In fondo, lei è morta. Non donerà piú gioia, non infliggerà piú tormento a nessuno. Che cosa può realmente importarle se dietro le sbarre finisce il colpevole sbagliato? E poi, perché Marco Valerio dovrebbe essere il colpevole sbagliato? Che cosa ho davvero in mano, a parte una sensazione?

– Oh, finalmente, non se andavano piú!

Il procuratore della Repubblica, un uomo atletico e giovanile, in giacca blu scuro, pantaloni grigi, camicia celeste e cravatta reggimentale, precede Felicisanti e Laura. I due magistrati inquirenti sprizzano euforia da tutti i pori. Laura si limita a un sorriso composto, e a lanciarmi di tanto in tanto occhiate inquiete. Anche la Baldoni mi osserva di sottecchi. Per la verità, osserva me e poi Laura, e poi ancora lei, e infine me. Come se qualcosa nella prossemica le comunicasse informazioni che non sono in grado di controllare. Ma forse è solo l'immaginazione che mi gioca cattivi scherzi. Sono su di giri. Troppo coinvolto. Farei meglio ad assecondare il corso degli eventi e togliermi dalla testa idee pericolose. Prendiamo tutti posto intorno a un grande tavolo ovale. Il procuratore invita a parlare Felicisanti. Dopo tutto, l'inchiesta è sua. E il Pm, altrettanto signorilmente, passa la palla a Laura.

– Contesterei la premeditazione, – propone lei, schiarendosi la voce.

Felicisanti è perplesso.

– Sembra piuttosto un delitto d'impeto, una lite finita in tragedia.

– Ma non si può escludere che lui avesse già programmato da tempo l'omicidio, stanco dei tradimenti di lei.

– Avevano appena fatto l'amore!

– Premeditazione condizionata, allora, – media il procuratore. – Guerra la perdona per l'ennesima volta, a condizione che d'ora in poi si astenga dall'andare con altri uomini, o di drogarsi. Ma quando lui la riaccompagna a casa litigano perché lei non è intenzionata a mantenere la promessa, cosí in Guerra rivive il piano originario e la uccide.

Felicisanti prende appunti. Il tema della premeditazione è importante, anche se non decisivo. I magistrati sono già sicuri della colpevolezza, ma la premeditazione può incidere sulla pena. Un omicidio premeditato comporta l'ergastolo. In seguito a una recente riforma, poi, per i delitti puniti con l'ergastolo è precluso il ricorso al giudizio abbreviato, che garantisce la riduzione di un terzo della pena. I Pm tendono a contestare la premeditazione e altre aggravanti per evitare che la pena sia troppo mite. Fa parte del nuovo corso delle procure. La maggioranza dei miei colleghi ne è entusiasta. Quanto a me, sono indifferente. La pena non è affar mio. Io mi occupo della caccia, non della cucina. Ma prendere posizione pubblica in tal senso equivale a una sorta di tradimento della patria. Perciò, massimo della pena e tutti a casa. Finalmente Laura sembra ricordarsi della mia presenza.

– Dottor Brandi?

– La confessione, sulla quale essenzialmente ci basiamo, delinea un delitto d'impeto, come diceva prima il dottor Felicisanti. Non vorrei che una contestazione eccessiva la indebolisse. Dopo tutto, è il nostro cavallo di battaglia.

Felicisanti annuisce. Laura mi scocca un'occhiata severa. Riprendo la parola con un tono meno assertivo.

– Piuttosto propenderei per i futili motivi. La gelosia, quando trasmoda in senso di possesso sulla vittima, diventa un pretesto per sfogare l'istinto criminale, e l'omicidio è la massima espressione della reificazione della donna. Ci sono numerose massime della Cassazione in tal senso.

I due magistrati concordano. Il procuratore mi dedica un sorriso benevolo.

– Dovrebbe tentare il prossimo concorso in magistratura, commissario.

– E anche i futili motivi prevedono l'ergastolo, – aggiungo, sorridendo a mia volta.

– La nostra unica preoccupazione è la giustizia, – si affretta a precisare il procuratore.

Felicisanti, che è un po' meno ipocrita, si limita a un nuovo cenno di assenso. Il procuratore informa che Samantha F, conduttrice di un talk show di grande successo in prima serata, richiede la presenza del Pm o di un poliziotto per quella sera stessa. Felicisanti si tira indietro. Laura si fa pregare un po', promette che non parlerà direttamente del caso ma che si manterrà sulle generali. Nessuno le crede, ovviamente, e tutti sono d'accordo. Il procuratore si alza, seguito da Felicisanti.

– Dottoressa Santirocchi, domani aspetto l'informativa finale.

– Sarà fatto, dottor Felicisanti.

La riunione si scioglie. Il procuratore distribuisce strette di mano. Seguono saluti nei corridoi. Ascanio mormora a mezza voce un «Cazzo, l'ergastolo non è abbastanza, la pena de morte ce vorrebbe, mortacci sua» che strappa un sorriso a Rubei. La Baldoni, nel passarmi accanto, mi sfiora maliziosamente l'inguine col dorso di una mano. Ostento indifferenza. Resto indietro con Laura.

– Scusami, prima sono stata un po' dura.

– Nessun problema.

– Ti occupi tu dell'informativa finale?

– Come sempre.

– Alla fine hai risolto i tuoi dubbi?

Alla fine, vorrei dirle, non li ho espressi. Ciò non significa che non continui ad averne. Lei mi guarda come se volesse aggiungere qualcosa, poi desiste, e prima di andare via china il capo da un lato, con un'espressione buffa, che non le avevo mai visto prima. Come una smorfia di finta umiltà: ecco, guardami, sono remissiva, ti voglio bene. Ma gli occhi dicono tutt'altro: sta' in guardia, ecco cosa dicono. Con un brivido mi accorgo che ho già visto un'espressione simile.

La prima volta che l'ho incontrato, nel suo ufficio, mi è parso di cogliere in Marco Valerio Guerra la traccia di una stanchezza antica. E un senso evidente di liberazione. Tutto questo mi comunicavano la sua postura, il tono rassegnato della voce. Il genere di osservazioni che si imparano nei corsi di psicologia che fanno parte del nostro periodico addestramento. Ma le parole che ha pronunciato prima di aprirsi alla confessione, se ci ripenso, sembrano contraddire l'apparente remissività. «La stavo aspettando», «Perché ci ha messo cosí tanto tempo?» Ovvero: sapevo che prima o poi sarebbe accaduto. Da qui a immaginare che... che il fatto di essere stanato, per usare un'altra delle sue espressioni, fosse previsto sin dal principio, corre breve distanza. Voglio dire: nel complimento, sei stato bravo, si cela la stoccata, ma hai fatto tardi. Non è soltanto il «me l'aspettavo». È di piú. Una sorta di «è cosí che doveva andare». È cosí che deve andare. Nella remissività, insomma, mi pare di scorgere a posteriori, mentre mi torturo sulla tenuta della confessione, una venatura di beffa. In questi giorni ho letto montagne di materiali su Marco Valerio Guerra. Non dico che l'accanimento con il quale i piú autorevoli commentatori si sono scagliati contro di lui me lo abbia reso simpatico, ma insomma una simile omogeneità nel disprezzo non è roba di tutti i giorni. Per curiosità sono andato a rileggermi che cosa scrivevano o dicevano di lui, prima della caduta, gli stessi che oggi lo stanno linciando. Come si può facilmente supporre, la musica era molto diversa. Gli aggettivi piú gettonati erano «abile, spregiudicato», ma non mancavano «unico», «imprevedibile e brillante», «geniale». Curiosamente, ma forse solo sino a un certo punto, i nemici di ieri, quelli che lo hanno dipinto come una specie di mostruosa Idra, un inquinatore dell'economia, un perverso dispensiere di corruttela e malaffare, sono i piú composti nella critica. Sembrano dispiaciuti di aver visto svanire l'oggetto del loro odio: perso lui, perso l'odio, pare abbiano smarrito sé stessi, la propria ragion d'essere. Ma si riprenderanno presto, sarà sufficiente individuare un altro bersaglio e la giostra ricomincerà. Mai avrei pensato di provare un minimo di pietà per un figlio di puttana che ho sognato, come tanti di noi, di sbattere in galera. No, pietà non è la parola giusta. Rispetto sarebbe piú appropriato. E qui torniamo al punto di partenza. La sensazione che, in un suo modo piuttosto contorto, Marco Valerio Guerra mi stia lanciando un messaggio chiaro: sono diventato, finalmente, quello che avete sempre creduto che io fossi. E dunque, eccomi a voi. Questo tuttavia non significa cadere e accettare la rovina, e di conseguenza l'espiazione. Significa accreditarsi nuovamente come il demiurgo, l'artefice della situazione. Vi serve il colpevole ideale? Eccovelo. Ricordate, però: sono io a volerlo. Arzigogolo? Può essere. Fra gli sciacalli che si sono rivoltati contro Marco Valerio Guerra, brilla un sito scandalistico che proprio lui risulta aver foraggiato per anni, al tempo in cui servivano notiziole piccanti in danno di suoi veri o presunti rivali. Su questo esemplare parlamento di notori ricattatori sono comparse fotografie di Giada, sudata e discinta, su una pista da ballo, e un commento greve sulle «carni vizze e pendule dell'anziano maiale che si fanno strada nella nudità di alabastro della vittima». Dovrei provare disgusto, e invece sono solo curioso di afferrare la reale dinamica dei due corpi. Lo schema della vergine abusata dal vecchione stona in questa vicenda. Semmai, immagino lui travolto dalla passione e lei che sorride. Un gioco di reciproca convenienza e di reciproca manipolazione. Marco Valerio Guerra è stato decisamente parco di dichiarazioni, nel corso degli anni. Le interviste che ha rilasciato si contano sulla punta delle dita. Anche fra i suoi piú stretti collaboratori non sono annoverate defezioni. Chi entra in contatto con lui gli resta fedele a vita. Soltanto una volta un vecchio segretario di Sebastiano Carli di Bosconero si lasciò scappare, chiacchierando con un famoso opinionista, critiche al vetriolo. Carli di Bosconero era stato il mentore di Guerra. E, dopo un bel po' di dicerie su certi vizi inconfessabili, aveva fatto una brutta fine. «Gli si è attaccato come una sanguisuga, si è reso indispensabile, ha approfittato delle sue debolezze, gli ha succhiato il sangue, e poi l'ha scaricato. Diceva di essergli amico, ma quel Guerra non ha amici, solo sudditi. È un dannato manipolatore. O ci si adatta al suo gioco, o è meglio lasciar perdere». «Ma perché ha tanto successo, secondo lei?» aveva domandato l'opinionista. «Perché quando ti avvicina ti fa sentire la persona piú importante del mondo, perché ti dà ciò di cui hai bisogno, salvo poi scaricarti quando non gli servi piú». Non c'era stata smentita, non c'era stata querela. Anzi. In una delle rarissime esternazioni pubbliche Guerra stesso aveva detto di non considerare offensiva la definizione di «manipolatore». «Manipolare significa lavorare con la mano, parte nobile del corpo. Significa impegnarsi, non restarsene sulla plancia di comando a guardare, ma intervenire, determinare i destini, plasmarli. E c'è un'altra cosa: manipolare viene da manipolo, un piccolo, coeso drappello di soldati che si muovono, uniti, per conseguire un obiettivo comune sotto la guida illuminata di un capo». Questa l'idea di Marco Valerio Guerra: il manipolatore come arbitro di destini umani. Guerra fulminato da Giada al punto da ucciderla. Una vita da manipolatore bruciata da un lampo di sentimento. Mah. Per un attimo ho pensato di rivalutare il procuratore della Repubblica. Il manipolatore è stanco dei tentativi della ragazza di manipolarlo e pone fine alla sua vita per riaffermare la sua signoria. Sarò sempre io il centro di questa costellazione che non ammette altri soli al di fuori di me. A costo di ucciderti. Il che significa credere solo in parte alla confessione. Vera per quel che riguarda la descrizione dell'omicidio, falsa nel racconto della sua preparazione. Ma c'è un'altra possibilità, e implica ugualmente il credere solo in parte alla confessione. Vera nel racconto del come si è arrivati a uccidere, falsa nella dinamica dell'uccisione. Falsa sino al punto da alterare l'unica circostanza che si direbbe granitica: che, cioè, a uccidere sia stato Marco Valerio Guerra. Come diceva in quell'intervista l'astioso che osava sparlare di lui? Ti fa sentire la persona piú importante... È proprio cosí che si sentono Laura e Felicisanti. Importanti, onnipotenti e appagati. Hanno avuto ciò di cui hanno bisogno: un colpevole di prestigio. Grazie a Marco Valerio Guerra. E se lasciar credere di averla uccisa fosse l'ennesima, estrema manipolazione messa in opera da lui? So che mi sto avventurando su un terreno scivoloso, ma muovo da una base solida, concreta. La piú evidente contraddizione, che è qui, davanti ai miei occhi, sotto forma di tabulato telefonico acquisito agli atti dell'inchiesta. È accaduto che, terminato il briefing, mi sono blindato nell'ufficio della squadra di polizia giudiziaria, due piani sotto la procura, per redigere l'informativa finale. Ho l'abitudine di controllare e ricontrollare tutti i dati a mia disposizione, prima di elaborarli e consegnarli a una compiuta ipotesi di ricostruzione della vicenda. Esercizio che considero prezioso perché, come suol dirsi, il diavolo si annida nei dettagli, e troppe inchieste apparentemente inattaccabili sono franate per piccole, insignificanti smagliature che poi, in Corte d'Assise, si sono trasformate in irrimediabili terremoti. Perciò, se esiste una crepa, devo essere io a individuarla, prima di chiunque altro. E, una volta individuata, devo capire se la si può sanare o se è l'avvisaglia dell'abisso, e dunque bisogna ricominciare tutto daccapo. Ma sarei ipocrita se non confessassi a me stesso che la crepa è precisamente ciò che sto cercando. E credo di averla trovata in questo tabulato. Afferro il telefono e chiamo Felicisanti.

– Dottore, ho bisogno di fare qualche domanda a Marco Valerio Guerra.

– È proprio necessario?

– Temo di sí.

Felicisanti sospira. Guerra è detenuto presso la Casa Circondariale di Rebibbia Nuovo Complesso. Il Pm ha preso in carico l'inchiesta, e non può delegare l'attività alla polizia, cioè a me, ma deve procedere di persona. Il che significa avvisare l'avvocato e organizzare l'incontro in carcere. Di norma, ci si prende due o tre giorni per fare le cose in regola. Ma se vuole che l'informativa sia pronta domani, Felicisanti deve muoversi immediatamente. È anomalo, ma necessario. Un'ora dopo, siamo ancora nel primo pomeriggio, nella saletta degli interrogatori di Rebibbia una guardia introduce Marco Valerio Guerra. Lui si guarda intorno, vede l'avvocato Marini Taddei, che si alza e gli tende la mano; gliela stringe e gli rivolge uno sguardo interrogativo.

– Devono farti qualche altra domanda, Marco, – si sente in dovere di spiegare il legale. È un professionista serio e stimato, la sua agenda di sicuro trabocca di impegni, ma quando ha saputo che si trattava di Guerra si è messo subito a disposizione. Non oso immaginare la parcella.

Pure Felicisanti si è alzato e ha stretto la mano a Guerra. Il Pm è un uomo gentile, quasi d'altri tempi, un garantista, l'imputato è sacro, anche se si prepara a seppellirlo in galera per il resto dei suoi giorni non c'è motivo di trascurare le buone maniere.

– Sí, qualche domanda, – conferma Felicisanti.

Guerra si siede e sembra accorgersi solo adesso della mia presenza. Mi sorride, è un sorriso freddo, guardingo. Normale sorriso da imputato, mi dico, ma nonostante tutto provo un brivido. Non saprei dire se quell'uomo incute timore per via della fama, o se la fama l'ha conquistata per la sua capacità di incutere timore. Ma è un fatto. Mentre gli spingo davanti il foglio con i tabulati sono francamente intimidito.

– Come le ho già detto, commissario, – precisa Guerra, fissandomi negli occhi, – non ho intenzione di rendere ulteriori dichiarazioni. Tutto ciò che avevo da dire l'ho già detto.

– Potrebbe contribuire ad alleggerire la tua situazione, – mormora Marini Taddei.

Guerra lo squadra, gelido.

– Non intendo rispondere a nessuna domanda.

Pochi giorni di carcere, noto, ed è già pallido, segnato. A meno che non sia qualcosa di diverso a divorarlo. Il rimorso? Per chiunque altro sarebbe effettivamente il momento del rimorso. Ma Guerra? Guerra è capace almeno di immaginarlo, il rimorso? Il Pm mi invita a procedere. Mi sporgo in avanti e picchietto con l'indice sul foglio.

– Dottor Guerra, questi sono i tabulati del suo telefono. Ci sono registrati i dati delle ultime due settimane, compreso il giorno del delitto.

– Le ho già detto e ripetuto, mi pare, che non intendo rispondere ad alcuna domanda.

– Tuttavia, – insisto, – la prego di osservare la conversazione cerchiata in rosso. Siamo alle… mi faccia controllare… ecco, alle ore 2 e 37 minuti… il telefono chiamante è il suo, riceve la telefonata Giada Colonna.

– Mi avvalgo della facoltà di non rispondere.

– Dottore, – l'avvocato, con un sospiro, si rivolge a Felicisanti, – potrei sapere la rilevanza…

– Nella sua confessione, – incalzo, sempre guardando Guerra, – lei ci ha riferito che, dopo aver consumato un rapporto sessuale…

– Può fare di meglio, Brandi, – Guerra sorride, un angolo della bocca increspato, – meglio di questo linguaggio da verbale. Dica: dopo aver fatto l'amore…

Felicisanti allarga le braccia e boccheggia, incerto se intervenire in mio sostegno o lasciar perdere. La puntualizzazione di Guerra ha del surreale. Rischia l'ergastolo e si fissa sul linguaggio. Nello stesso tempo, mi sento sporcato dalle mie stesse parole. A Giada avrebbe fatto orrore quella freddezza burocratica.

– La prego di comprendere… – attacca Marini Taddei.

– Ha ragione, – dico, sommessamente, senza distogliere lo sguardo dal detenuto, – mi sono espresso in modo infelice. Le chiedo scusa.

Se è spiazzato, Guerra non lo dà a vedere. Si limita ad annuire e mi concede, con un cenno, di proseguire. Mi illudo per un istante di aver creato un legame. Ma so che, nel dargli ragione, l'ho confermato nella sua sensazione di superiorità. Ed è forse proprio questo che cerco. Forzargli la mano. Spingerlo sino a un limite.

– Bene, dottor Guerra. Lei mi ha detto che dopo aver fatto l'amore riaccompagnò Giada nella sua casa in Prati. E lí vi furono la lite e il colpo fatale. Conferma questa sua dichiarazione?

Adesso è incuriosito, mi sta fissando con maggiore intensità. Non risponde, però, nemmeno quando il Pm e l'avvocato lo sollecitano. Continua a fissarmi, e per la prima volta vedo passare nel suo sguardo un lampo di perplessità. Come se si fosse accorto, infine, di aver commesso un errore. È Marini Taddei a rompere il silenzio.

– Dottor Brandi, commissario… se la dichiarazione è agli atti, diamola per acquisita e veniamo al punto, cortesemente.

– Il punto, – resto concentrato su Guerra, – il punto è che alle 2.37 lei telefona a Giada Colonna e la chiamata viene agganciata da due distinte celle. Il chiamante è in zona Parioli-Flaminio, il ricevente in Prati. Il che significa che alle 2.37 lei è a casa sua, in via di San Valentino, e Giada in Prati. Su questo punto la sua confessione è smentita dagli accertamenti.

Felicisanti sgrana tanto d'occhi. Serra la mascella. Mi fulmina con uno sguardo incattivito. Che scherzo gli ho giocato? Perché non l'ho avvisato che stavo per sganciare una bomba sull'inchiesta? Il Pm ha colto subito le implicazioni. Se Giada è andata via da casa di Guerra viva, tanto che alle 2.37 si sono sentiti per telefono, può averla uccisa qualcun altro. E perché lui allora ha dichiarato... Ma io non ho mentito. Sono stato, semmai, malizioso e reticente. Mi sono limitato a dirgli che dovevo verificare un dettaglio allo scopo di irrobustire la confessione. Guerra annuisce piano. Marini Taddei inalbera una curiosa espressione assente. E capisco che la rivelazione non gli giunge nuova. D'altronde i tabulati sono agli atti sin dalle prime battute dell'inchiesta, quando ancora non si sapeva chi era il MV che aveva cercato Giada quella notte. Il dettaglio non poteva essere sfuggito a un professionista come lui. Dunque perché tacerlo? Guerra sorride e scuote la testa.

– Complimenti, commissario. Dottor Felicisanti, intendo modificare le mie precedenti dichiarazioni. Quella sera Giada Colonna lasciò la mia abitazione intorno alle ore 2.10. Successivamente le telefonai, discutemmo, quindi mi recai a casa di Giada con il fermo proposito di porre fine all'ambiguità che mi stava dilaniando. Non avevo deciso di ucciderla, ma considerai l'opzione...

Prosegue su questo tono per qualche minuto. Felicisanti si rilassa e prende appunti. Marini Taddei scuote la testa, vinto, e allarga le braccia. Non ha nemmeno piú la forza di contenere i danni. Mentre parla, Marco Valerio Guerra fissa me e solo me. Tecnicamente, sta adeguando la confessione al mutato quadro probatorio. Una strategia processuale che di solito i colpevoli adottano per escludere o limitare la propria responsabilità. Dichiari di aver colpito con un pugno, senza intenzione di far troppo male, ma la vittima muore. Il giudice dispone una perizia e viene fuori che hai usato una spranga. Allora rettifichi: sí, ho usato una spranga, ma è stato l'altro a impugnarla per primo; io, per difendermi, gliel'ho strappata di mano e a mia volta ho colpito. Ma qui. Qui Marco Valerio Guerra confessa proprio quella premeditazione contro cui mi sono battuto. E tanto basterebbe a giustificare l'atteggiamento di Marini Taddei: pensavamo di averla fatta franca, invece il maledetto sbirro si è accorto dell'incongruenza e ci ha messi con le spalle al muro. È anche il pensiero di Felicisanti, che in un attimo è passato dallo sgomento all'euforia. L'opzione piú semplice e piú intuitiva, la prima che verrà in mente ai giudici, nel momento in cui dovranno decidere del destino di Marco Valerio Guerra.

A meno che non sia tutta una recita. Una maledetta recita. È esattamente questa la mia sensazione, quando Marco Valerio Guerra firma il verbale e, un istante prima che la guardia lo riaccompagni in cella, si china verso di me e mi sussurra, con quello sguardo gelido che ha il potere di inchiodarmi, «Non le sarà facile invalidare la mia confessione, commissario».

Piú tardi, a sera, mi chiama Laura. Si sta preparando per il talk show. È gasatissima. Felicisanti le ha riferito del mio exploit. Sono coperto di lodi. Il Pm ha temuto una mia pazzia, ma poi ha capito che, smascherando il bluff di Guerra, ho di fatto rafforzato la confessione. E la distruzione dell'hard disk assume un senso ben preciso: cancellare la prova della sua uscita da casa dopo la telefonata delle 2.37. Ah, la confessione! Da Torquemada a Guantánamo, la confessione è l'oppio dell'inquisitore. Non foss'altro perché lo manda a nanna col cuor contento. È una battuta che penso, ma mi astengo dal pronunciarla. Non si addice al momento, non si addice alla mia carriera in progress. Il fatto curioso è che la immagino fiorire sulle labbra di Marco Valerio Guerra. Se la pronunciassi, mi sforzerei di replicare il suo tono fra il glaciale, il sarcastico e il blasé. Quel bastardo mi sta condizionando. Ah, la confessione! E se Marco Valerio Guerra avesse distrutto l'hard disk non per nascondere ciò che poteva esserci, ma per impedire che si sapesse che non c'era niente? Che nessuna immagine lo immortalava mentre si precipitava da Giada per ucciderla? Perché forse lui non è mai andato da Giada e non l'ha uccisa... Mi ostino a non credere alla sua confessione. Eppure sono anch'io un inquisitore. E come tutti vorrei dormire sonni tranquilli.

– Mi raccomando, non perderti la trasmissione, voglio che tu mi veda. Devi dirmi come stavo, ok?

– Ma certo.

La voce di Laura diviene un roco sussurro.

– Che mi faresti se fossi lí con te? Su, dimmelo, lo sai che è una cosa che mi carica...

– Accidenti, ti ho persa... Pronto? Ah, questi telefoni...

Simulo un black-out, tronco la comunicazione, scaglio l'apparecchio sul divanetto, accanto alle foto squadernate di Giada e ai tabulati sottolineati. Non è opportuno avventurarsi nei consueti giochini con Laura mentre la Baldoni si stiracchia fra le mie lenzuola, sorseggiando un calice di bianco.

– Ti scopi quella troia, – mi affronta, quando torno a sdraiarmi accanto a lei.

– Ma cosa ti salta in mente!

– Ho visto come ti guarda.
– È il mio capo, una relazione sarebbe sconveniente.
– Le strapperei volentieri gli occhi.
Ha le ciglia aggrottate, la bocca alterata da una smorfia crudele. Fa paura, questo suo odio puro, senza mediazioni. Di che cosa è capace una donna che odia cosí tanto? Fin dove è disposta a spingersi?

L'avvocato Marini Taddei è di nuovo in visita alla famiglia; un professionista sollecito. Sembra il piú sorpreso dalla mia irruzione. È in piedi, un po' pallido, devo averlo colto nell'atto del congedo. Vedendomi ha trasalito, e ora mi scruta con evidente diffidenza.
– Se credi, Anna Carla, posso trattenermi.
– Non è necessario, Enrico.
– Allora... a presto. La saluto, commissario.
Lei mi rivolge uno sguardo interrogativo e mi chiede se può offrirmi qualcosa. Accetto un caffè. Dà disposizioni alla servitú.
– Si accomodi pure, commissario Brandi.
– La ringrazio, signora Guerra.
Sorride. Ho capito che preferisce essere chiamata «signora Guerra» piuttosto che «signora Santucci». Deve provare un certo compiacimento nel fregiarsi di un nome aristocratico. O almeno cosí doveva essere prima della caduta. Anche se – ed è una sensazione che ho provato già durante il precedente interrogatorio – non pare che la caduta l'abbia allontanata dal marito.

Mi ha ricevuto nello stesso salotto della volta scorsa. Prendiamo posto su due sedie dallo schienale alto, curiosamente istoriato.

– Sono autentiche Louis Majorelle, – mi informa, notando il mio sguardo, – un artista del primo Novecento. Questa stanza si ispira a quel periodo.

Rivedo due quadri che avevano già attirato la mia attenzione. Ritratti classici, di donne d'altri tempi. Una certa grazia dolente, e anche provocatoria, nell'ovale e nello sguardo della modella, la stessa per tutte e due le raffigurazioni, mi aveva colpito. Li ho cercati in rete. Sono di Vittorio Matteo Corcos. So che la Santucci viene dal basso, e Guerra dall'alto. Si sono incontrati a metà strada della scala sociale, lei con il padre buzzurro in vertiginosa ascesa, lui che annaspava nel precipizio. In fondo, tutta questa storia è cominciata con un quadro. *La Piccola Fiammiferaia*. Molto diversa la furia vendicativa di Ash-X dalla composta severità di questa bella dama di cent'anni fa. Là Giada, mi viene da pensare, e qui Anna Carla. Che si è meritata infine il suo spicchio di tradizione. Ma a che prezzo? È stata lei a volere questi ritratti che spirano una sensualità a un tempo morbida e prepotente? Ci si è rispecchiata? O è il frutto di un desiderio che non ha mai trovato sfogo? Insomma, gli arredi sono una sua scelta, o una concessione elargita da Marco Valerio? Il caffè è servito in tazze impreziosite da decorazioni di una ragazza dalla lunga chioma rossa che sembra fissare il futuro con due occhioni febbricitanti. Pronta a darsi all'amante, o forse catturata nell'istante che segue immediato il culmine dell'appagamento.

– Le piacciono, commissario? Sono disegni di Alfons Mucha... Ma forse la sto annoiando con troppi particolari.

– Niente affatto, signora Guerra. E il caffè è ottimo.

– Mi dica: cosa posso fare per lei?

– Vorrei verificare un piccolo dettaglio della nostra ultima... per la verità, unica... chiacchierata.

– Sono a sua disposizione.

Se è preoccupata, lo maschera a perfezione. Una simile padronanza dei propri sentimenti è ammirevole. Lascia intuire un addestramento implacabile. Ma le deriva dall'essere nata Santucci, o dall'aver sposato Guerra?

– Lei, signora Guerra, mi ha detto che la sera dell'omicidio suo marito le telefonò.

– È esatto.

– Suo marito sostiene di averle chiesto di raggiungerlo a Roma, ma lei si rifiutò di farlo e decise di rimanere a Viterbo.

– Precisamente.

Mi prendo un attimo di pausa. Sospiro. Anna Carla mi rivolge un mezzo sorriso vago.

– All'1.07 di quella notte, però, lei ha chiamato un numero di telefono che corrisponde...

– Certo. Ho chiamato Fernando, il domestico. Forse ho dimenticato di dirglielo, commissario, perché mi sembrava un particolare irrilevante. Tutto qui?

– Signora Guerra, – sussurro, – il punto non è questo. Il punto è che quella telefonata l'ha fatta da un'area di servizio dell'autostrada, poco dopo Orte. Questo vuol dire che non è rimasta tutta la notte a Viterbo.

– Dice davvero?

– Lo dice il telepass. Lei è entrata nel casello di Orte alle ore 00.50 imboccando la A35 in direzione di Roma, ed è uscita dallo stesso casello, di ritorno da Roma, alle ore 4.06. Vorrei che mi spiegasse i suoi movimenti di quella notte, signora Guerra.

– Sono sospettata di qualcosa, commissario?

L'ha detto con un tono civettuolo, ma dallo sguardo trapela una determinazione feroce. L'ho già visto quello sguardo, in Anna Carla. Quando, alla fine del primo interrogatorio, ci siamo stretti la mano per un momento e lei mi ha detto «Non ho dubbi che accerterà la verità». Avrei dovuto capirlo allora, era come un inconsapevole segnale che mi stava lanciando. Voleva dirmi altro. Non ci arriverai mai, alla verità, povero illuso.

– Se fosse sospettata, l'avrei convocata in procura, signora Guerra.

Sto giocando sporco. Ho appena contestato a una persona informata dei fatti, in pratica a una testimone, elementi indizianti. E ho evidenziato il mendacio delle precedenti dichiarazioni. Dovrei sospendere immediatamente questo colloquio, avvertirla della facoltà di non rispondere, invitarla a nominare un difensore. Avrei potuto approfittare della presenza di Marini Taddei. Ma sto giocando sporco, ripeto. Sto giocando il tutto per tutto. Anna Carla mi fissa. Non dice niente. Non arrossisce, non si scompone. Una statua. Soltanto un sorriso impercettibile le solleva un angolo delle labbra. Il nostro reciproco misurarci dura istanti dilatati a dismisura. Lei attende che sia io a fare la prima mossa. Annuisco.

– Va bene, le dico come penso che sia andata, signora. Penso che lei sia rientrata a Roma e abbia ucciso Giada. Non so per quale motivo, e non so se mai lo ammetterà e ne chiarirà le ragioni, ma so che l'ha fatto. Le incongruenze nella confessione di suo marito, il suo aggiustamento tardivo, le bugie su quella notte... Tutto ciò si spiega solo cosí: lei è l'assassina, signora Guerra. Non so con certezza perché il dottor Guerra abbia voluto prendersi la colpa. Forse è la sua incoercibile personalità di manipolatore. Suo marito, accusandosi, dispone ancora una volta dei destini degli altri, compresi me e lei. È quello che ha sempre fatto nella vita. E nello stesso tempo, chissà, onora un tacito debito verso la donna che gli ha vissuto accanto per tanti anni. Anche questo fa parte del suo modo malato di restare al centro della storia.

Anna Carla, d'improvviso, fissa un punto alle mie spalle, con un lieve disappunto. Mi volto. È entrato Lorenzo, il prodotto indecifrabile del connubio fra quelle che ho capito essere due volontà ferree.

– Devo parlarti, mamma.

– Può scusarmi, commissario?

– Ma le pare, signora Guerra.

Anna Carla si allontana con il rasta fuori tempo, che non mi ha degnato di uno sguardo.

Prima di presentarmi qui ho tentennato a lungo. Non sapevo che fare. Non lo so neanche adesso.

Tutti vogliamo la testa di Guerra, incluso Guerra stesso. È poco plausibile che un vecchio squalo delle aule di giustizia come Marini Taddei non si sia accorto dei tabulati. Se non li ha sfruttati è perché il suo cliente glielo ha imposto. E io? Dovrei ergermi a paladino di quell'uomo, salvarlo contro la sua volontà, rinunciando alla mia carriera, in nome di un astratto ideale di giustizia? O dovrei dire a me stesso: fallo per Giada, per la sua bellezza spenta? Spenta, appunto. Per sempre.

La verità è che la scelta spetta ad Anna Carla. Non sono un avvocato difensore, ma ho abbastanza esperienza per sapere che le basterebbe rendere la giusta dichiarazione per seppellire definitivamente Marco Valerio. Le basterebbe ammettere di aver mentito per proteggerlo: sí, signor giudice, sono tornata a Roma, l'ho fatto, ho intuito la sofferenza nella voce di mio marito e ho voluto raggiungerlo per impedirgli di commettere uno sproposito. Purtroppo sono arrivata tardi. Cosí ho taciuto sperando che non riusciste a individuarlo.

Devota al punto da macchiarsi del delitto di favoreggiamento. E in quanto moglie non punibile per questo reato.

Sí, la scelta spetta ad Anna Carla, e lei sta tornando per scrivere la parola fine in calce a questa storia. Sento i suoi passi.

Riappare; non è da sola, è con il figlio. Si siede, mi guarda. Sul suo volto si dipinge un sorriso finto ingenuo.

– Allora, cosa ha deciso, commissario?

Lorenzo, in piedi dietro di lei, le appoggia una mano sulla spalla. Anna Carla la stringe.

C'è una corrente tra quei due.

Cosa ho deciso? Ah, tocca a me... Brava, Anna Carla. Un colpo da maestro. Tanti anni accanto a Marco Valerio sono serviti. Il mio futuro è in ballo quanto il loro. Ormai non so piú chi manipola chi. Ma comincio a parlare.

– Mi ascolti con attenzione, signora Guerra. Adesso le spiego ciò che dovrà sostenere.

Indice

DZ 0145329670

370000TAL
TRE PASSI NEL
DELITTO
CASSAR SCALIA
DE GIOVANNI M
DE CATALDO GI
1° ED. SL/810
EINAUDI

Questo libro è stampato su carta contenente fibre certificate FSC®
e con fibre provenienti da altre fonti controllate.

FSC
www.fsc.org
MISTO
Carta da fonti gestite
in maniera responsabile
FSC® C115118

Stampato per conto della Casa editrice Einaudi
presso ELCOGRAF S.p.A. - Stabilimento di Cles (Tn)
nel mese di luglio 2020

C.L. 24358

Edizione							Anno			
1	2	3	4	5	6	7	2020	2021	2022	2023